雪地里的单车

张小娴 —————— 著

人民文学出版社

目 录

第一章 | 呼吸着沐浴露的花香味　　　0 0 1

第二章 | 已经到了危险的程度　　　0 6 7

第三章 | 一支骊歌　　　1 1 7

第四章 | 脚踏车回来了　　　1 9 9

序

一生能听多少回"我爱你"？

这本小说距离上一本小说推出的时间刚好一年，这一年来，常常被人追问："你的新小说什么时候推出？"写得那么慢，是因为不想重复自己。每次写一个长篇小说，都是一场恋爱，我希望我每一次恋爱都是刺激的，而不是老调重弹。

常常有人问我："你写的故事是真的还是假的？"

我会说，一半是真，一半是假，假的后来都会变成真的。我会渐渐相信自己所写的故事。我曾经以为，两个人只要相爱，就能够为对方改变，写了这个故事之后，我才知道，无论多么爱对方，我们也不可能为他完全改变。从前，我不会相信一个人会等另一个人十四年。写了这个故事之后，我想，如果我爱一个人的话，我也许会等他十四年，或者更久。

我们这一辈子要等待的事情太多了。女人等男人承诺，男人等女人改变。女人总是希望男人为她承诺，男人却常常在女人需要他的时候溜走。承诺本来就是一场角力，我想写的，不是这一场沉痛和两败俱伤的角力，而是在我们追寻承诺的过程里，在我们以为得不到承诺的时候，我们已经得到了。阿枣走了，李澄还是等她。一个害怕承诺的男人，为了爱情的缘故，悲伤地等着他爱的女人回来。

不要去追寻承诺，那是我们负担不起的。如果能够听到一声"我爱你"，已经是一个美丽的承诺。

晚餐桌上的烛影摇曳，灯火已然阑珊，我们一生又能听到多少回"我爱你"？

第 一 章 ｜ 呼 吸 着 沐 浴 露 的 花 香 味

1

澄：

  青春岁月虚妄的日子里，我们都曾经以为，两个人只要相爱，就能够为对方改变。不是有这样一首歌吗？我是一团泥，你也是一团泥，两团泥搓在一起，你里面有我，我里面也有你。这是骗人的。数学里有一个实验叫"摩尔的糖果"，一位名叫摩尔的美国工程师，把一种球状的、相同数量的红色糖果和绿色糖果一同放在一个玻璃瓶里，然后摇晃瓶子，直到两种颜色完全混合。你以为红色和绿色的糖果会很均匀地混合在一起吗？不是的，你所看到的是不规则的大片的红色缀着大块的绿色。

  虽然放在同一个瓶子里，两种颜色的糖果依然各据一方。我从来没有改变你，你也没有改变我。无论多么努力，我们始终各据一方。

  分手那一天，我跟你说："以后不要让我再看见你。"

或许你以为我因为太恨你才这样说，不，我只是无法承受爱你的痛苦。即使再走在一起，我们终究还是会分开的。离开你的时候，我期望我们余生也不要再见。别离的痛楚，一次已经很足够。

　　如果有一天，你突然收到我送来的东西，也许，我已经不在这个世上。

阿枣

2

李澄已经很多天没有外出了，两个星期前答应交给人家的漫画，现在还没有画好。

那个可恶的编辑昨天在他的电话录音机上留下一段话：

"李澄，我在等你的画，要截稿了，不要再逃避，面对现实吧！"

他才不需要这个黄毛丫头来教他面对现实。这份工作是他的旧朋友符仲永介绍给他的，他看不起这张报纸，如果不是为了付租金，他才不会接下这份工作。

今天早上，那个编辑又在电话录音机上凶巴巴地留言："李澄，快点交稿，否则我们不用你的画了；还有，总编说要你在漫画里加一些性笑料。"

李澄索性把话筒搁起来。

他打开一扇窗，十一月了，夹杂着楼下那家"云芳茶室"

的咖啡香味的微风吹进这所局促的小房子里，那一棵画在墙上的圣诞树，已经剥落了大部分，只剩下一大块绿色。

他肚子有点饿，站起来走到冰箱找点吃的。冰箱里只有一个硬得像石头的面包，不知道是什么时候吃剩的。李澄在墙上找到薄饼速递店的电话号码，打电话去叫外卖。

女店员在电话那一头说："大概要等四十五分钟。"

不久之后，有人拍门，李澄去开门，一个穿制服的年轻小伙子站在门外。

"我们是送东西来的，你的门钟坏了。"

"多少钱？"李澄走进屋里拿零钱。

小伙子回头跟后面的人说：

"抬进来吧。"

"抬什么进来？"李澄问。

两个搬运工人吃力地抬着一个长方形的大木箱进来。

"我叫的是薄饼，这是什么？"

"我们是货运公司的，你是李澄先生吗？"

"是的。"

"那就没错，这件东西是寄给你的。"

"这是什么东西？"李澄问。

"我也不知道，是从芬兰寄来的。"

"芬兰？"

"请你签收。"

李澄签收了那件货物。

"谢谢你，再见。"小伙子和搬运工人关上门离开。

木箱的确是寄给李澄的，但李澄想不起他有什么朋友住在芬兰。他用螺丝起子把木箱撬开，藏在木箱里面的，是一辆脚踏车。李澄把脚踏车从箱子里抱出来，脚踏车老了，憔悴了，像一头跑累了的驴子，已经不是本来面目，只有后轮挡泥板上那道深深的疤痕还在。触摸到那道疤痕的时候，李澄的手不停在颤抖。

十四年了，原来她在遥远的芬兰，那个冬天里没有白昼的地方。

3

那一年初夏一个明媚的早上，方惠枣到洗衣店拿衣服。店员把干洗好的衣服拿出来，方惠枣点点看，说："对了。"

她把恤衫和西裤搭在手肘上，外套和西装搭在另一只手上，再把那张被子抱在怀里。

今天的天气特别好，抱着自己心爱的男人的衣服和他盖过的被子，她觉得心情也好像好起来。

史明生还在睡觉，半张脸埋在枕头里，方惠枣把衣服脱下来，只剩下白色的胸罩和内裤，悄悄钻进史明生的被窝里，手搭在他的肚子上，一边乳房紧贴着他的背，大腿缠着他的大腿。

"不要这样，我很累。"他拉着被子说。

"你是不是不舒服？"她摸摸他的额头。

"头有点痛。"他说。

"我替你按摩一下好吗？"

"不用了。"他背着她睡。

她觉得很难堪，她这样钻进他的被窝里，他却无动于衷，她悲哀地转过身去，抱着自己的膝盖，饮泣起来。

"不要这样。"他说。语气是冷冷的。

"你这半年来为什么对我这样冷淡？"她问他。

"没这种事。"

"你是不是爱上了别人？"

"你又来了。"他有点不耐烦。

"你已经爱上别人，对吗？"

他沉默。

"她是谁？"她追问。

"是公司里一个女孩子。"他终于承认。

"你是不是不再爱我？"

她只能听到他从咽喉间发出的一声叹息。

"我们不是有很多梦想和计划的吗？"她哭着问他，"我们不是曾经很快乐的吗？你记不记得我们说过二十六岁结婚，那时候，你也许会回去大学念一个硕士学位，三十岁的时候，我们会生一个孩子。"

他叹了一口气说："当你十八岁的时候，这一切都很美好；当你二十岁，你仍然相信你们那些共同的梦想是会实现的；当你二十四岁，你才知道，人生还有很多可能。"

他说得那么潇洒漂亮，仿佛一点痛楚都没有，他已经不再爱她了，她陡地跳下床，慌乱地在地上寻找自己的衣服。

"你要去哪里？"他被她忽然而来的举动吓了一跳。

她一边穿衣服一边说："在一个不爱我的男人面前穿得这样少，我觉得很难堪。我已经把你的衣服从干洗店拿了回来，我今天晚上要去参加一个旧同学的婚宴。"忽然，她苦涩地笑，"我为什么告诉你呢？仿佛我们明天还会见面似的。"

他不知道应该做些什么，只好继续坐在床上，像个窝囊废。

看到他这副样子，她心里突然充满了奇怪的悲伤，他决定抛弃她，他应该是个强者，他现在看来却像个弱者，只希望她尽快放过他。他只想快点摆脱她。

她走了，轻轻地关上门，跌跌撞撞地走进电梯里，电梯的门关上，她失控地蹲在地上呜咽。她和他一起七年了，她不知道以后一个人怎么生活。

4

　　婚宴在酒店里举行，新娘子罗忆中跟方惠枣是中学同学。方惠枣恍恍惚惚地来到宴会厅外面，正要进去，一个女孩子从宴会厅里走出来，一把拉住她。

　　"方惠枣。"女孩热情地捉着她的手。

　　方惠枣很快就认出面前这个女孩是周雅志，她中四那一年就跟家人移民去了德国。

　　"里面很闷，我们到楼下酒吧喝杯酒。"周雅志拉着她。

　　在酒吧坐下来，方惠枣问她："你什么时候回来的？"

　　"回来两年了。"

　　"你是不是一直都在德国？"

　　"对呀，我住在不来梅。"

　　"那个童话之城是吗？我在杂志上见过图片，整个城市就像童话世界一样漂亮。"

　　"是的，人住在那里，好像永远也不会长大，差点还以为人生会像童话那么美丽。"

"你走了之后，我写过好几封信给你，都给退回来了。"

"我们搬过几次家，我也是昨天在街上碰到罗忆中，她说今天结婚，说你会来，我特地来见见你。"

"你现在在哪里工作？"

"我教钢琴。"

"对，我记得你弹琴很好听啊——"

"阿枣，你的样子很憔悴，你没事吧？"

"我刚刚跟男朋友分手，他爱上了别人。"

"为什么会这样？"

"也许我们一起的时间太长吧，他已经忘记了怎样爱我。我记得在报纸的漫画上看过一句话，漫画的女主角说：'爱情使人忘记时间，时间也使人忘记爱情。'说得一点也没有错。"

"那是李澄的漫画。"

"你也有看他的漫画吗？"

"嗯。"

"我每天都看。他的漫画很精彩，有时候令人大笑，有时候又令人很伤感。"

这些日子以来，李澄的漫画陪她度过沮丧和寂寞的日子，每天早上，她打开报纸，首先看的就是他的漫画。

"如果他知道有你这么一位忠实的读者，他一定会很高兴，你也长得有点像女主角曼妮，曼妮也是爱把头发束成一条马尾，鼻子尖尖的，脸上有几颗雀斑。"周雅志说。

"你认识他的吗？"听周雅志的语气，她好像认识他。

"他是我男朋友。"

"真的吗？"

"嗯。"

"他是什么样子的？"

"我们明天晚上会见面，你也一起来吧，那就可以知道他是什么样子的。"

"会不会打扰你们？"

"怎么会呢？"

"他看爱情看得那么透彻，应该是一个很好的男朋友吧？"

"明天你就会知道。"周雅志写下餐厅的地址给方惠枣，说，"八点钟在餐厅见，我要走了。"

"你不进去吗？"

"里面太闷了，大家都在谈论哪个同学最近失恋，哪个未结婚有了孩子，将来，同一群人又会在讨论谁跟丈夫离婚了，谁又第二次结婚，谁的丈夫跟人跑了。"

周雅志一点也没变，还是那么自我。

5

第二天晚上，方惠枣准时来到餐厅。

"他还没有来吗？"她坐下来问周雅志。

"他常常迟到的，我们叫东西吃吧。"

"不用等他吗？"

"不用了。"周雅志好像已经习惯了。

九点半钟，李澄还没有出现，方惠枣有点儿失望。

"我们走吧，不要等了。"

"要不要再等一下？"

"不等了。"

她们正要离开的时候，李澄来了。他穿着一件胸前印有一个鲜黄色哈哈笑图案的白色T恤和一条浅蓝色的牛仔裤，脸上带着孩子气的笑容。

李澄坐下来，一只手托着下巴，一点也没有为迟到那么久而感到抱歉。周雅志好像也没打算责备他。

"我跟你们介绍，这是李澄，这是我的旧同学方惠枣。"

"叫我阿枣好了。"

虽然素未谋面，但她天天看他的漫画，他早就跟她在报纸上悄悄相逢，他已经成为她生活的一部分。这天晚上，与其说是初遇，不如说是重逢更贴切一些。

"阿枣是你的忠实读者。"周雅志说，"她带了你的书来，你给她签名。"

"那就麻烦你了。"方惠枣把书拿出来。

他看看那本书，问她："这是第一版吗？"

"是的。"

"我自己也没有第一版，这本给我好了，改天我送一本新的给你。"他把那本书放进自己的背包里。

"不，这本书是我的——"她想制止他。

"这样吧，我送一套我的书给你，一套换一本，怎么样？"

"不——"她对那本书有感情。

"就这样决定。"他老实不客气地说。

"为什么以前没听说过你有一个旧同学的？"他问周雅志。

没等周雅志回答，他就问方惠枣：

"你是干哪一行的？"

"教书。"

"教哪一科？"

"数学。"

"数学？你竟然是读数学的？"

"有什么问题？"她反过来问他。

"读数学的人是最不浪漫的。"

"数学是最浪漫的。"她反驳。

"你是说一加一很浪漫？"他不以为然。

"一加一当然浪漫，因为一加一等于二，不会有第二个答案，而且可以反复地验证，只有数学的世界可以这么绝对和平衡，它比世上任何东西都要完美，它从不说谎，也不会背叛。"

她那一轮轻轻的辩护把他吓倒了，这个长得有点像他漫画里女主角的女孩子，为她所相信的真理辩护时，憔悴的眼睛里闪烁着光芒，她仿佛不是来自现实世界，而是从一个数学的世界走出来的。放在她那精致的脸上的，不是五官，而是一二三四五六七这些数字。

"我有话跟你说。"被冷落一旁的周雅志说。

"什么事？"他笑着问她。

"我爱上了别人。"她冷冷地说。

李澄脸上的笑容僵住，一秒钟之前，他还是很得意的，他脸上的肌肉刹那之间也适应不来，仍然在笑，就跟他胸前那个哈哈笑一样。

方惠枣呆了一下，她没想到周雅志会当着她面前向李澄提出分手，他们两个人的事，她没理由夹在中间。

"我有点事要先走，你们慢慢谈。"她拿起皮包想离开。

周雅志一把拉着她说："我跟你一起走，我约了人。"

李澄双手托着头，苦恼地挤出一副蛮有风度的样子，跟方惠枣说：

"如果有机会再见的话，我会遵守诺言送你一套书。"

6

"其实你不应该叫我来。"在出租车上,方惠枣跟周雅志说。

"过了今天晚上,我就不能介绍你们认识,你不是很想认识他的吗?"周雅志说。

"你真的爱上了别人吗?"

"嗯,我们明天一起去欧洲玩。"周雅志甜丝丝地说。她从皮包里掏出一张纸,在上面写下一个电话号码交给方惠枣。

"这是李澄的电话号码,有机会的话,你替我打一通电话安慰他。司机,请你在前面停车,我就在这里下车了,再见。"

"再见。"

方惠枣看着周雅志下车走向一个站在不远处的男人,她只看到那个男人的背影。

她不懂怎样安慰李澄，她连安慰自己都不行。

几天后，她打了一通电话给李澄，接电话的是一台电话录音机，她留下了姓名和电话号码；然而，李澄没有回她电话，也许，他根本不记得她是谁。

7

这天深夜，李澄打电话来了。

"你找我有什么事？"他在电话那一头问。

"你还好吗？"方惠枣鼓起勇气问他。

电话那一头的他沉默下来。

"对不起，你的电话号码是周雅志给我的。"

"我这几天也找不到她，你知不知道她在哪里？"

如果把真相告诉他，他会很伤心，她犹豫了片刻，说："对不起，我不知道。"

"你明天晚上有空吗？我说过送一套书给你的。"

"好的，在哪里等？"

"在我们上次见面的那家餐厅好吗？"

"回去那里？你不介意吗？"

"你是说怕我触景伤情？"

"嗯。"

"你不知道在许多谋杀案中，凶手事后都会回到案发现场的吗？"

"但你不是凶手，你是那具尸体。"

"我是在说笑话，读数学的人是不是都像你这样，理智得近乎残酷的？"

她觉得自己可能真的有点残酷，忍不住笑了两声，这些日子以来，她还是头一次笑。

　　方惠枣在餐厅里等了一个晚上，李澄没有出现。这
天之后，李澄再没有消息，他的漫画仍然天天在报纸
上刊登，证明他还活着。也许，他不是忘记了和她的
约会，而是赴约之前，他忽然改变主意，他不想再
到那家餐厅。这样想的时候，她就原谅了他的失约。

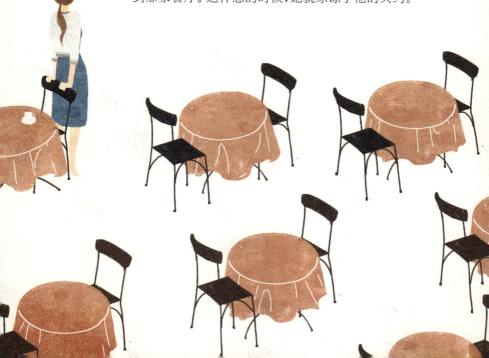

9

　　学校明天就开课了，方惠枣不知道自己是否适合当老师，是不是一位好老师，将来的一切，都是不可知的，她本来以为她身边的男人会鼓励她，陪她面对不可知的将来。现在，却是她一个人孤单地面对将来，她觉得有点害怕。她鼓起勇气打电话给史明生，电话那一头传来他的声音。

　　"是我。"她战战兢兢地说。

　　"有什么事？"

　　"我明天正式当老师了。"

　　　"恭喜你。"

　　　　"我很想见你，我已经一个月没见过你了，你现在有空吗？"

　　　　　"改天好吗？"

　　　　　　"今天晚上可以吗？"

　　　　　　"现在不行。"

"我只想见见你，不会花你很多时间。"

"对不起，我真的没空。"他推搪。

"那算了吧。"为了尊严，她挂上电话。

他为什么可以这么残忍？她蹲在电话旁边，为自己哭泣。

电话的铃声再响起，她连忙拿起话筒。

"喂，是阿枣吗？我是李澄。"

她拿着话筒，不停地呜咽，说不出一个字。

"不要哭，有什么事慢慢说。"

她不停地喘气，他根本听不到她说什么。

"你在哪里？我来找你。"

李澄很快来到。方惠枣打开门，他看到她披头散发，脚上只趿着一只拖鞋，一双眼睛哭得红红的。

"你可以陪我去一个地方吗？"她问。

方惠枣和李澄来到史明生家外面，她用力揿门铃，等了很久，也没有人来开门。

"谁住在里面？"他问。

"我男朋友，以前的。"

"里面好像没有人。"

她掏出钥匙开门，但那一串钥匙无法把门打开。

"看来他已经把门锁换掉了。"李澄说。

"不会的，你胡说！"她试了一次又一次，还是没法把门打开。

她不敢相信史明生竟然把门锁换掉，他真的那么渴望要摆脱她吗？

她走到后楼梯，那里放着几袋由住客丢出来的垃圾。她蹲下来把黑色那一袋垃圾解开，把里面的垃圾通通倒在地上。

"你干吗？"他以为她疯了。

"这一袋垃圾是他扔出来的。"她蹲在地上翻垃圾。

"你怎么知道？"

"这款垃圾袋是我替他买的。"

"你想找些什么？"

"找找有没有女人用的东西。"

"找到又怎样？"

"那就证明他们已经住在一起。"

"证明了又怎样？"

"你别理我。"

她疯疯癫癫地在那堆剩菜残羹里寻找线索，给她找到一排锡制的药丸包装纸，里面的药已经掏空。

　　"这是什么药？"她问李澄。

　　"避孕药。"他看了看说。

　　"你怎么知道是避孕药？你吃过吗？"她不肯相信。

　　"我没吃过，但见过别人吃。"

　　"避——孕——药。"她颓然坐在地上。那个女人已经搬进来，而且已经跟史明生上过床。

　　李澄把地上的垃圾捡起来放回垃圾袋里。

　　"你干什么？"她问。

　　"如果他发现自己家里的垃圾被人翻过，一定猜到是你做的。女人真是可怕，平常看到蟑螂都会尖叫，失恋的时候竟然可以去翻垃圾。"

　　"你不也是失恋的吗？为什么你可以若无其事？"她哭着问他。

　　他掏出手绢替她抹干净双手，说："一个人的生命一定比他的痛苦长久一些。"

　　"回家吧。"他跟她说。

　　李澄把方惠枣送回家。

"你可不可以去洗个澡，你身上有着刚才那些垃圾的味道。"他说。

她乏力地点头。

"你三十分钟之内不出来，我就冲进去。"

"为什么？"

"我怕你在里面自杀。"

"啊，谢谢你提醒我可以这样做。"她关上浴室的门。

李澄在外面高声对她说："记着是三十分钟，我不想冲进来看到你没穿衣服。"

她脱下那一身肮脏的衣服，在莲蓬头下面把身体从头到脚洗一遍，她竟然做出那种傻事，她大概是疯了。

李澄坐在浴室外面，嗅到一股从浴室的门缝里飘出来的沐浴露的茉莉花香味，确定她在洗澡，他就放心了。他看到书架上有一张小小的脚踏车的素描，镶在一个漂亮的画框里，旁边又放着几本关于脚踏车的书。

方惠枣洗完澡从浴室出来。

"谢谢你。"她憔悴地说。

"你没事的话，我走了，再见。"

"再见。"

现在又剩下她一个人，她舍不得他，但是她没理由要他留下来陪她，只好眼巴巴看着他走。

今天晚上，她不想回到床上。床是无边无际，人躺在上面，孤苦无依。她蜷缩在沙发上，这张沙发很短，她要把身体屈曲起来，抓住靠背，才能够睡在上面，虽然睡得不舒服，却像被怀抱着，不再那么空虚。

门铃忽然响起，她跑去开门，是李澄。

"我想我还是留下来陪你比较好。"他拿了一把椅子坐在书架旁边。

有李澄在身边，她不再觉得孤单。

"谢谢你。"

"不用客气。"

"我记得你说过'爱情使人忘记时间，时间也使人忘记爱情'，说得很对。"

"嗯。"

"你知道失恋使人忘记什么吗？忘记做人的尊严。"她喃喃地说。

"睡吧。"他安慰她。

她闭上眼睛，弓起双脚，努力地睡，希望自己能够快点睡着。

看到她睡了，他站起来，打开一扇窗，九月的微风夹杂着楼下茶室的咖啡香味飘进来，从这所房子望出去，可以看到一个美丽的运动场和一个美丽的夜空，只是，这天晚上，运动场和夜空都显得有点荒凉。

"那天晚上你为什么不来？"她在朦胧中问他。

"我忘记了。"

"那么容易就把事情忘记的人，是幸福的。"她哀哀地说。

早晨的微风轻拂在她脸上，有人在叫她。

"阿枣。"她张开眼睛，看到李澄站在她面前，他脸上长出短短的髭须。

"天亮了，今天是九月一日，你是不是要上班？"

她吓了一跳，问他："现在几点钟？"

"七点钟。"

"哦。"她松了一口气。

"你整夜没睡吗？"她问。

"没关系。"

他守护了她一个晚上，她有点过意不去。

"你今天晚上有空吗？我请你吃饭。"

他笑着点头。

10

她约了李澄在街上等，一个人站在百货公司门外等他的时候，她有点后悔，他那么善忘，会不会又忘了？

出乎意料，李澄很准时来到。

"送给你的。"他把三本书交给她，"我答应过要送一套书给你。"

"谢谢你。"

"第一天开学怎么样？"

"我有点心不在焉，希望没人看得出吧。"她苦笑。

"你喜欢到哪里吃饭？"她问。

"我带你去一个地方。"

李澄带着方惠枣来到一家名叫"鸡蛋"的餐厅。

一个年轻男人从厨房走出来，个子不高，脸上带着羞涩的微笑。

"这是我的朋友阿枣。这是阿佑，这家餐厅是阿佑的。"

李澄说。

"我们到楼上去。"阿佑带着他们两个沿着一道狭窄的楼梯往上走。

"这家餐厅为什么叫'鸡蛋',是不是只可以吃鸡蛋？"她好奇地问阿佑。

"不，这里是吃欧洲菜的，叫'鸡蛋'是因为我以前的女朋友喜欢吃鸡蛋。"

"喔。"

"你们看看喜欢吃些什么，厨师今天放假，我要到厨房帮忙。"阿佑放下两份菜单。

"他用以前女朋友喜欢的食物来做餐厅的名字，看来很深情。"她说。

"幸好她不是喜欢吃猪肉。"李澄笑着说。

"他们为什么会分手？"

"她爱上了别人，后来又和那人分了手，再跟阿佑一起。这几年来，他们每隔一两年就会走在一起，一起几个月之后又分开，阿佑永远是等待的那一个。"

"是不是阿佑爱她比她爱阿佑多？"

"也不一定，有些人是注定要等待别人的，有些人却是注定要被别人等待的。"

"听起来好像后者比较幸福——"

"说得也是。去年除夕，阿佑的女朋友说会来找他，阿佑特地做了她最爱吃的蜗牛奄列——"

"蜗牛奄列？"

"是他的拿手好戏。"他露出一副馋嘴的样子说，"但是她一直没有出现。我常常取笑他，那是因为他做的是蜗牛奄列，蜗牛爬得那么慢，她也许要三年后才会来到。"

"这世上会不会有一种感情是一方不停的失约，一方不停的等待？"她问。

"我想我一定是失约的那一方，只是，也没人愿意等我。"他苦笑。

"也不会有人等我。"她又想起史明生。

"又来了？"李澄连忙拍拍她的头安慰她，"别这样！又不是只有你一个人失恋。"

她用手抹抹湿润的眼角，苦涩地说："我没事。"

阿佑刚好走上来，李澄跟他说："你快去做两客蜗牛奄列来。"

"他做的蜗牛奄列很好吃的，你吃了一定不再想哭。"

李澄哄她。

"我现在去做。"阿佑说。

"不，不用了。"她说，"那道菜的故事太伤感了。"

"不要紧。如果有一道菜让人吃了不会哭，我很乐意去做。"

"对不起。"她对李澄说。

"失恋的人有任性的特权，而且，我也想吃。"他吐吐舌头。

阿佑做的蜗牛奄列送上来了。金黄色的蛋皮里，包裹着热烘烘、香喷喷的蜗牛。她把一只蜗牛放在舌头上，因失恋而失去的味觉顷刻之间好像重投她的怀抱。

"不哭了吧?"李澄笑着问她。

11

这一天，校长把方惠枣叫到校长室去。

"方老师，你班里有一位学生投诉你。"校长说。

方惠枣吓了一跳，班里每个学生都很乖，她实在想不到为什么会有人投诉她。

"他投诉我什么？"

"投诉你上课时心不在焉，通常只有老师才会投诉学生不专心，所以我很奇怪。"

离开校长室，她反复地想，班上哪个学生对她不满呢？除非是他吧，一个名叫符仲永的男生上课时很不专心，她两次发现他上课时画图画，她命令他留心听课，自此之后，他就好像不太喜欢她。上次的测验，他更拿了零分。

下午上课的时候，她特别留意符仲永的一举一动。他长得那么苍白瘦弱，她觉得怀疑他是不应该的，可是，偏偏给她发现他又偷偷在画图画。

她走到他面前，没收了他的图画。

"还给我。"他说。

"不可以。"她生气地说，"这已经是第三次了，你为什么不能专心听课？"

他不屑地说："一个老师不能令学生专心听课，就是她的失败。"

"你长大了，也只会说些让人伤心的话。"她把没收了的图画还给他。

她回到讲台上，伤心地把这一课教完，她以为她的爱情失败了，她还有一群学生需要她，可是，现在看起来，她也失败了。

放学的时候，李澄在学校外面等她。

"你为什么会在这里？"她奇怪。

"刚刚在这附近，所以来看看你，今天好吗？"

"很坏。"她没精打采地说。

"为什么？"

"有个学生看来不太喜欢我。"

"是他吗？"他指着站在对面马路公共汽车站的符仲永。

"你怎么知道是他？"

"他看你的眼光很不友善。你先回去，我过去跟他谈谈。"

"不，不要——"她制止他。

说时迟，那时快，李澄已经跑过对面车站，一辆公共汽车刚驶到，李澄跟符仲永一起上了车。她想追上去也追不到。

这天晚上，她找不到李澄，她真担心他会对符仲永做些什么。

第二天上课的时候，看到符仲永坐在自己的座位上，她才放下心头大石。

这几天，符仲永有很明显的改变，他上课时很留心，没有再偷偷画图画。

这天下课之后，她叫符仲永留下来。

"我检讨过了，你说得对，没法令你们留心听课，是我的失败。"她歉疚地说。

"不，不，方老师，请你原谅我。"他慌忙说。

"我没怪你，你说了真话，谢谢你。我那位朋友那天没对你做些什么吧？"

"没什么，他请我去喝酒。"他兴高采烈地说。

"他请你喝酒？"她吓了一跳。

"对呀，我们还谈了很多事情。"

"谈些什么？"她追问。

"男人之间的事。"他一本正经地说。

"哦，男人之间的事——"她啼笑皆非。

"想不到你们原来是好朋友，我很喜欢看他的漫画，他答应教我画漫画。"他雀跃地说，"条件是我不能再欺负你。"

"他这样说？"

"他还送了一本很漂亮的图画集给我。方老师，对不起，我到校长那里投诉你。"

"没关系，你说得对，我上课时不专心，我以为没人看得出来。"

"方老师，如果没什么事，我现在可以走吗？因为李澄约了我去踢足球，我要迟到了。"他焦急地说。

"你和他去踢足球？"

"他说我太瘦，该做点运动。"

"你们在哪里踢球？"

12

　　方惠枣来到球场，看到李澄跟其他人在草地上踢足球，符仲永也加入他们。

　　李澄看到她，走过来跟她打招呼。

　　"他才十二岁，你不该带他去喝酒。"

　　"一杯啤酒不算什么。"

　　"校长知道的话一定会把我革职。但我还是要谢谢你，其实你不需要这样做。"

　　"我不想有任何人让你对自己失去信心。"他微笑着说，"而且，他的确很有天分，说不定将来会比我更红。"

　　他对她那么好，她不忍心再隐瞒他。

　　"有一件事我一直瞒着你——"

　　"什么事？"

　　"周雅志去了欧洲旅行。"

　　"哦，谢谢你告诉我。"他倒抽了一口气。

"下一次，我希望是我抛弃别人。"她说。

"为什么？"他问。

"这样比较好受。"

"说得也是。"

"不过，像我这种人还是不懂抛弃别人的。"她苦笑了

一下。

13

自从把周雅志的行踪告诉了李澄之后，方惠枣有好多天没有他的消息了。这天晚上，她接到他的电话。

"我就在附近，买汉堡包上来跟你一块吃好吗？"

"好的。"她愉快地放下话筒。

他很快拿着汉堡包来到。

"你没事吧？"她问。

"我有什么事？"他坐下来吃汉堡包。

"对，我忘记了你比我坚强很多。"

"你一个人住的吗？"

"这所房子不是我的，是我哥哥和他女朋友的。他们移民去加拿大之前买下来的，我只是替他们看守房子。住在这里，上班很方便。"

"你很喜欢脚踏车的吗？"他拿起书架上那张脚踏车的素描。

"嗯，以前住在新界，我每天都骑脚踏车上学。你不觉它的外形很美吗？就像一副会跑的眼镜。"

"是的。"

方惠枣把书架上一本脚踏车画册拿下来，翻到其中一页，指着图中的脚踏车问李澄："这一辆是不是很漂亮？"

图中的脚踏车是银色的，把手和鞍座用浅棕色的皮革包裹着，外形很时髦。

"这一辆脚踏车是在意大利制造的，是我的梦想之车。"她把画册抱在怀里说。

"那你为什么不买一辆？"

"你说笑吧？这辆车好贵的，我舍不得买。况且，好的东西也不一定要拥有。心情不好的时候，拿出来看看，幻想一下自己拥有了它，已经很满足。"

李澄看到画册里夹着一份大学校外课程简介。

"你想去进修吗？"

"只是想把晚上的时间填满。现在不用了，我有一个同学介绍我到夜校教书，就是维多利亚公园对面那所夜校。你呢？你晚上会闷吗？"

李澄从背包里掏出一张机票给她看，那是一张往德国的机票。

"你要去找周雅志？"

"嗯，明天就去。她去欧洲的话，最后一定会回去不来梅。"

"如果她不回去呢？"

"我没想过。"

他站起来跟她告别：“回来再见。”

"回来再见。"她有点舍不得他。

李澄走了，他忽然从她的生命中消失，她才发现原来他已变得那么重要，有他在身边的感觉，原来是那么好的，她有点妒忌他，他可以那么潇洒地追寻自己失去的东西，她却没有这份勇气。

李澄终有一天会走，他不是她的男人，她没有权把他永远留在身边，他们只是在人生低潮的时候互相依靠，作用完了，也就分手，他会回到女朋友的身边，又或者投到另一个女人的怀抱，而她也会投向另一个男人，想到这里，她有点难过，有点想念他。

14

　这天回家的时候，

电梯被运送家具的工人霸占着，

方惠枣勉强挤进去。就在电梯门快

要关上的一刻，一个男人冲进来，用脚抵住门，是李澄。

　　"你为什么会在这里？你不是去了不来梅吗？"她愕然。

　　"我没有去。"他微笑说。

　　电梯到了二楼，他跟她说："到了。"

　　"不，我住在三楼。"

　　"但我住这一层——"

　　"你住这一层？"她吃惊。

　　"我今天刚刚搬进来。"工人把家具搬出去。

　　"这边。"李澄跟他们说。

　　他又回来了，有他在身边的感觉真好，她兴奋得在电

梯里转了一个圈。

　　李澄没有告诉她，那天他在机场等候办理登机手续的时候，突然很怀念她和这所房子。

他想起那天晚上离开的时候，在大厦附近的地产公司看到她楼下的单位招租。他立刻离开机场，回来这里。他不想寻找失去的东西，只想寻找自己的感觉，他感觉她需要他，他也需要她。在那段互相抚慰的日子里，他已经爱上了她。

15

　　方惠枣教的是中四班，走进课室的那一刻，有数十双充满期待的眼睛看着她，学生的年纪看来都比她大。授课的时候，她发现坐在后排的一个学生一直用课本遮着脸，她走上前看看他是不是睡着了。

　　"这位同学，你可以把课本拿下来吗？"

　　那个人把课本放下，她看到是李澄，给吓了一跳，李澄俏皮地向她做了一个鬼脸。

　　"我们继续吧！"她转身回到讲台上，不敢让其他学生看到她在笑。

　　下课之后，她问他："你为什么跑来读夜校？这里可不是闹着玩的。"

　　"我也不是闹着玩的，我想了解一下数学是不是你说的那么浪漫。"

　　天气有点凉，她从皮包里掏出一条围巾绕在脖子上。

"已经是深秋了。"他说。

"七年来都跟另一个人一起，我从没想过我可以一个人生活，还过了一个夏天。"她满怀感触地说，"为什么有些人可以那样残忍？"

"残忍的人清醒嘛！"

"也许你说得对，我希望下一次，我会是那个残忍的人。"她哽咽。

他和她漫步回家，她抬头看到他家里的灯还亮着。

"你外出的时候忘记关灯。"

"我是故意留一盏灯的，我喜欢被一盏灯等着回家的感觉。"

"只有一盏灯等你回家，那种感觉很孤单。"她说。

他在口袋里掏出一串钥匙给她，说："这是我家的钥匙，可不可以放一串在你那里，我常常忘记带钥匙的。"

"没问题。"她收起那串钥匙。

他先送她上去，她家里的电话刚刚响起，她拿起话筒，表情好奇怪，好像是一个很特别的人打来的。

"好的，明天见。"她放下话筒，兴奋得跳起来，说，"他打电话给我！"

"谁？"

"史明生。他约我明天见面。他为什么会约我见面，他是不是还爱我？"她紧张地问。

"应该是吧。"他有点儿妒忌。

"我明天应该穿什么衣服？"

"你穿什么都好看。"

"真的吗？"

"嗯。"

"我好害怕——"她忽然很彷徨。

"害怕什么？"

"害怕猜错了，也许他只是想跟我做回朋友，也许他只是想关心一下我。他不会还爱着我的。我应该去吗？"

"明天我送你去好了。"他看得出她很想去，如果不去，她会后悔。

"真的？阿澄，谢谢你。"

16

　　这一天傍晚，李澄陪着方惠枣来到她和史明生约定的餐厅外面。

　　"千万不要哭，要装出一副不太在乎的表情。"他叮嘱她。

　　"不太在乎的表情是怎样的？"她有点紧张。

　　李澄牵起嘴角，微微地笑了一下，说："就是这样。"

　　她牵起嘴角微微地笑了一下。

　　"就是这样，你做得很好。"

　　"那么，我进去了。"她说。

　　"慢着。"

　　"什么事？"

　　"你的口红涂得太鲜艳了一点。"

　　"那怎么办？"

　　他从口袋里掏出一条手绢，放在她两片嘴唇之间，吩咐她："把嘴巴合起来。"

她听他吩咐把嘴巴合起来，把口红印在他的手绢上，口红的颜色立刻淡了一点。

"现在好得多了。"他说。

"谢谢你。"

李澄把那条手绢收起来，目送着方惠枣走进餐厅。她的男人在里面等她，她还是爱着他的，他们也许会再走在一起。她身上的茉莉花香味还在空气中飘荡，他觉得很难受，只好急急离开那个地方。

一个人回到家里，有一盏灯等他回去的感觉真好。他把灯关掉，坐在窗前，就这样等了一个漫长的夜晚。楼上一点动静也没有，平常这个时候，只要走进浴室，他就能听到水在水管里流动的声音，那是因为住在楼上的她正在洗澡。这个时候，如果打开浴室的一扇窗，他还能够嗅到从楼上飘来的一股沐浴露的茉莉花香味，然而，今天晚上，她也许不会回来了。

17

　　早上，李澄在楼下那家"云芳茶室"里一边看报纸一边吃早餐，方惠枣推门进来买面包，她身上穿着昨天的衣服，头发有一点乱，口红已经褪色了，她发现他坐在那里，有点尴尬。

　　"昨天晚上怎么样？"他问她。

　　她笑得很甜，看见她笑得那么甜，他心里有点酸。

　　"我不陪你了，今天早上有人来看房子。"她说。

　　"看房子？"

　　"哥哥决定留在加拿大，要我替他把房子卖掉。"

　　"哦。"

　　她走了，他转过脸去，在墙上的一面镜子里看看自己，幸好，他的表情老是显得满不在乎，她应该没看穿他的心事。

　　她在莲蓬头下面愉快地沐浴，楼下的他，悄悄打开浴室里的一扇窗，坐在马桶板上，哀哀地呼吸着从楼上飘进来的沐浴露的余香。

18

这天晚上，在夜校的课室里，方惠枣背对着大家，在黑板上写下一条算式，李澄忽然拿起背包，离开课室。

放学的时候，她看到李澄倚在学校门外的石榴树下面等她。

"是不是我教得不好？"

"不，我只是想出来吹吹风。去吃蜗牛奄列好吗？"

"今天不行，他来接我。"

"哦，没关系，那我先走了。"

这个时候，史明生开车来到。

"再见。"她跟李澄说。

"再见。"他看着她上车。

"那个人是谁？"史明生问她。

"住在我楼下的，他是漫画家。"

史明生的传呼机响起，他看了看，继续开车。

"要不要找个地方回电话？"她试探他。

"不用了。"

"是谁找你？"

"朋友。"

史明生把车驶到沙滩停下来。

"你还跟她一起吗？你答应过会离开她的。"她哽咽，"你根本没有离开她。"

他缓缓解开她衣服的扣子。

"不要——"她低声啜泣。

他无视她的抗议，把手伸进她的衣服里面抚摸她。

"不要——"她哀求他。

他没理会她的哀求，贪婪地抚摸她流泪的身体。

19

在他开车送她回家的路上，她忽然明白，这是最后一次了。

坐在她旁边的这个男人，是那么陌生，他已经变了，他并不打算跟她长相厮守，他只是想维持一种没有责任的关系，如果她也愿意维持这种关系，他很乐意偶然跟她欢聚。只要她不提出任何要求，他会继续找她。

车子到了她家楼下。

"我会找你。"他说。

"请你不要再找我。"她说。

"你说什么？"他愕然。

"我不是妓女。"

"我没把你当作妓女。"他解释。

"对，因为妓女是要收费的。"

"你到底想怎样？你不是想我回来的吗？"史明生生

气地说。

"现在不想了。"她推开门下车。

李澄在街上荡了一个晚上，刚好看到方惠枣从史明生的车上走下来。她恍恍惚惚的，脸上的妆都溶了，衬衫的一角从裙子里掉出来。她看到他，四目交投的那一刻，她觉得很难堪，没说一句话，匆匆走进大厦里。

20

后来有一天晚上，方惠枣到楼下的茶室吃饭。她推门进去，看到李澄也坐在那里。他看到了她，露出温暖的笑容。在纷纷乱乱的世界里，在失望和茫然之后，他们又重逢了。

她在他面前坐下来，不知道应该说些什么。

"叫点什么东西吃？"他问她。

"火腿炒蛋饭。"她说。

"近来为什么不见你来上课？"她问。

"最近比较忙。"他在说谎，他只是害怕看着她时那种心痛的感觉。

"你跟他怎么啦？是不是已经复合？"他问。

"我不会再见他的了。"她肯定地说。

李澄心里有点儿高兴。

"房子已经卖掉。"她告诉他，"卖给一对老夫妇，他们退休前也是教书的，男的脸圆圆的，很慈祥，女的脸孔长长的，很严肃，真是一个奇怪的组合。他们养了一头短毛大狗，叫乌德，很可爱。"

"是吗？"房子卖掉了，就意味着她要离开，他有点儿失落。

"什么时候要搬？"他问。

"下个月。"

"喔。"他惆怅地应了一声。

"嗯。"她点点头。除了点头，她也不晓得说些什么。

他忽然觉得，他还是应该表现得满不在乎一点，于是他牵起嘴角，微微笑了一下，一连点了几下头说："喔！"

她本来以为他会舍不得她，但是他看来好像不太在乎，于是她又连续点了几下头，提高嗓子说："嗯！"

"喔！"他又低头沉吟了一会儿。

"嗯。"她喃喃地说。

她曾经以为，离别是有万语千言的，纵使没有万语千言，也该有一些深刻的告别语，原来，暧暧昧昧的离别，只有一个单音。两个成年人，仿佛又回到牙牙学语的阶段。

21

　　这阵子，李澄老是装出一副很忙碌的样子，有意无意地避开方惠枣。只是，每个晚上，他仍然会打开浴室的一扇窗，静静坐在马桶板上，听着水在水管里流动的声音，贪婪地呼吸着从窗外飘进来的她的沐浴露的茉莉花香味。长久以来，她竟然从没改用过另一种味道的沐浴露，她是那么专一的一个女人，也许她永远不会忘记那个男人。

　　她离开的日子愈接近，他愈是无法坦然面对她，偏偏这一天晚上，他在回家的时候碰到她。

　　"今天晚上很冷。"她说。

　　"是的。"

　　"你这阵子很忙吗？"

　　"喔，是的，在三份报纸有漫画专栏。你什么时候搬走？"

　　"下星期日。"

"明天晚上你有空吗？我请你吃饭，你搬走之后，我们不知什么时候会再见。"

"嗯。"她觉得他这阵子好像刻意逃避她，现在他约她吃饭，她就放心了。

"那么明天晚上在'鸡蛋'见。"

第二天晚上，方惠枣来到"鸡蛋"餐厅。

"只有你一个人吗？"阿佑问她。

"不，我约了李澄。"

她在餐厅里等了一个晚上，李澄没有来。这是告别的晚餐，他也失约了。也许，李澄从来就没有喜欢过她，是她自己误会罢了。

22

　　李澄躺在球场的草地上，已经十一点钟了，阿枣也许还在餐厅里等他，她是那么笨的一个人，一定会乖乖地等到打烊。他本来想去的，可是，时间愈逼近，他愈不想去，他无法面对别离。他已经爱上她了。

　　如果别离是一首歌，他是个荒腔走板的人，从来没法把这首歌唱好。

　　如果别离是一首诗，他是一个糟糕的诗人。

　　他不想回家，不想回去那个充满离愁别绪的地方，他承受不起别离的痛楚。

　　李澄已经许多天没回家，方惠枣今天就要搬走。搬运工人已经把东西搬到楼下。

　　"小姐，可以开车了，我们在楼下等你。"搬运工人跟她说。

　　"知道了。"

　　李澄曾经给她一串钥匙。她来到二楼，用钥匙打开门，里面的灯还是亮着的，在等它的主人回来。

　　她把灯关掉，让他知道她来过，她曾经等待过。

傍晚，李澄拖着疲乏的身躯回来。

他离开的那一天，家里的灯明明是亮着的，为什么会关掉？

他不可能在离家之前忘记开灯。

是她来过，是她故意把灯关掉的。

对他来说，那是等他回家的灯。

对她来说，那是别离的灯。

24

"真可惜。"夜校主任说。

"很抱歉,我会等你们找到接替的老师才离开。"方惠枣说。

当天来这里教书,是因为晚上太寂寞。日校的工作愈来愈忙,她只能放弃这份曾经陪她度过悲哀的日子的工作,重新回到生活的轨道上。李澄说得对,一个人的生命一定比他的痛苦长久一些。

最后一个学生都离开了,方惠枣把课室里的灯关掉。

她孤单地穿过昏黄的走廊离开学校,外面刮着刺骨的寒风,黄叶在地上沙沙飞舞,在门外那棵石榴树下,她讶然看到一张熟悉的脸。李澄站在树下,伸手扳下一条光秃的树枝桠。他看到了她,连忙缩回那只手,在大腿上拍了两下,抖落手上的灰尘,露出温暖的笑容。

那一瞬间,她爱上了他,她毫无还击之力,无法说一声"不"。她知道，从此以后，她不是孤单地回到生活的轨道上，而是和李澄一起回去的。

"谢谢你替我把灯关掉。"他说。

"哦，不用客气。"她的耳根陡地红起来。

"我真的舍不得那所房子。"她说。

"那么，留下来吧。"

"房子已经卖掉了。"

"你可以搬来跟我一起住。"

她被他突如其来的、深情的邀请震撼着，毫无招架之力。

她这一辈子还不曾接受过这样的邀请，这个邀请似乎来得早了一点，却又是那么理所当然。她曾经花掉七年光阴在史明生身上，使她相信，当你喜欢一个人，没有任何理由再拖延时间；在她此生有限的光阴里，她想不到有什么比跟她喜欢的男人同眠共寝更逼切。

"你会不会跟我争浴室用？"她微笑着问他。

第 二 章 ｜ 已 经 到 了 危 险 的 程 度

1

"方老师，有电话找你。"校工走来告诉方惠枣。

"谢谢你。"

她拿起话筒，电话那一头是周雅志。

"阿枣，很久没见了。"

"你什么时候回来的？"她有点慌张。

"回来两天了。有空出来见面吗？"

"好的。"

周雅志为什么忽然回来香港？应该告诉李澄吗？她害怕失去他。有生以来，她从没试过这么害怕。

她在约定的时间来到咖啡室，周雅志已经在那里等她了。

"别来无恙吧？"周雅志问她。

"还好。你为什么会回来的？"

"累了就回来。我已经走了差不多一年。你有没有见过李澄？"

她给周雅志的问题吓了一跳，虽然早已经有心理准备，但她毕竟不是一个善于掩饰的人。

"有。"她老实回答。

"我走了之后，他是不是很伤心？"

"是的。"她点头。

周雅志微笑叹息了一下，每个女人大概都会为这种事感到一点儿骄傲吧？

"他还好吗？"

"嗯，还好。"

"你有没有和他睡过？"她问周雅志。这是她一直都想知道的。

"你以为我们还是小孩子吗？"周雅志笑了起来。

虽然明知道李澄不可能没有和别的女人睡过，只是，当她听到周雅志的答案时，心里还是有些不舒服的感觉。

"你会回到他身边吗？"她问。

"为什么这样问？"

她鼓起勇气告诉周雅志："我现在跟他一起。"

周雅志微微怔了一下，问她："你是说李澄？"

"嗯。"

“怪不得你刚才问我那些问题。”

“对不起。”她惭愧地说。

“其实我早就猜到了。一个女人那么关心一个男人有没有和另一个女人睡过，只有一个原因，就是她很想或者已经跟那个男人睡过了。”

“那你为什么还肯告诉我？”

“其实我也在试探你。今天早上我打电话给你的时候，你的声音有点慌张，我早就猜到有事发生。那时候你们两个都失恋，走在一起也是很自然的事。”

“我们不是因为失恋才走在一起的，我们是真心喜欢对方。”

“李澄很容易就会爱上别人，他不会真心喜欢你的。”她笑了一下。

“你为什么这样说？”方惠枣心里有点生气。

“他是不会喜欢任何人的，他只喜欢他自己。”

“他喜欢我的。”

“你并不了解他。”

“我了解他。”她坚持。

2

那天晚上睡觉的时候，方惠枣问李澄："你和多少个女人睡过？"

"你说什么？"他带着睡意问。

"你和多少个女人睡过？"

他把她纳入怀里，没有回答她的问题。

"周雅志回来了。"她不想隐瞒他。

"是吗？"他反应很平淡。

"我们今天见过面，她说你不会喜欢我，她说你不会喜欢任何人，你只喜欢你自己，是吗？"

他微笑。这个问题，他也不懂回答。

"你还爱她吗？"她问。

"我忘记了。"

这个答案，她是不满足的。

3

上完下午第四节课，校工来通知方惠枣到教员室听电话，电话那一头是李澄。

"是我，我就在外面。"他说。

"你在哪里？"她从教员室望出去，看到他就在对面的电话亭里。他从电话亭走出来，俏皮地跟她挥挥手。

这个时候，教务主任刚好站在她面前。

"你找我有事吗？"她压低声音问他。

"我只是想听听你的声音，每天晚上能见到你真好。"

那一刻，她甜得好像掉进一池软绵绵的棉花糖里。她知道他是爱她的，昨天晚上他无法回答的问题，今天，他用行动来回答了。

"今晚在'鸡蛋'见面好吗？"他问。

"这算不算是约会？让我好好考虑一下要不要跟你出去——"她含笑说。

"我会等你的，七点钟见。"他挂上电话。

那天晚上，她怀抱着日间的甜蜜来到"鸡蛋"，李澄坐在角落里等她。

"我有一个坏消息要告诉你。"他凝重地说。

她忽然好害怕，不知道他所说的坏消息是什么。是关于他和她的吗？他今天有点怪，譬如忽然在学校附近打一通电话给她，就只是想听听她的声音，那会不会是分手的前奏？他会不会想要回到周雅志的身边？她的心跳得很厉害。

"对不起——"他带着遗憾说。

"为什么要说对不起？"

"没有新鲜蜗牛，所以今天不能做你喜欢的蜗牛奄列。"他露出狡猾的笑容说。

"你说的坏消息就是这个？"她的脸涨红了。

"对呀！"他露出得意的神色，好像很满意自己的恶作剧。

她拿起饭巾一边打他的头一边骂他："你吓死我了！你吓死我了！"

他双手护着头，无辜地说："我跟你玩玩罢了，你以为是什么坏消息？"

"我以为你不爱我！"她用饭巾掩着脸。

"你为什么会这样想的？"他觉得好笑。

大概每一个恋爱中的女人都是这样的吧？总是神经质地害怕骤然失去眼前的幸福。

他拉开她手上的饭巾，看到她双眼红红的。

"你的想象力比我还要丰富。"他笑着说。

"我害怕你会走——"

"我不会走。"他深情地说。

"哥哥，你也在这里吗？"一个穿浅蓝色衬衫和帅气长西裤的女孩子从楼上走下来。

"这是我妹妹——"李澄说。

"我叫李澈。"女孩坐下来自我介绍。

"这是阿枣。"李澄说。

李澈有一双很清澈的大眼睛，就跟她的名字一样。

"是不是跟男朋友吃饭？"李澄问妹妹。

"我哪里有男朋友？今天医院放假，跟几个朋友来吃饭罢了。"

"阿澈是医生，她读书成绩比哥哥好很多。"李澄说。

"可惜比不上哥哥聪明。"李澈说。

"你是做哪一科的？"方惠枣问。

"麻醉科。"

"麻醉科好玩吗？"

"跟哥哥画的漫画一样，都是一种令人忘记痛苦的把戏。"

阿佑捧着两客菠菜奄列从厨房出来，说："没有蜗牛奄列，来试试这个菠菜奄列。"

"你也坐下来一起吃点东西吧。"方惠枣说。

"你们吃吧，我胃有点痛。"

"痛得厉害吗？"李澈问他。

"没关系，一会儿就没事的了。"

这个时候，邻桌一位客人拿着一瓶葡萄酒过来，跟阿佑说：

"阿佑，今天是我生日，你无论如何要跟我喝一杯。"

"好的。"阿佑不好意思推辞。

"我替他喝。"李澈把那杯酒抢过来喝光。

4

　　李澄和方惠枣把喝醉了的李澈扶进屋里，让她躺在床上。

　　方惠枣拿热毛巾替她敷额头。

　　"今天晚上让她跟你睡吧，我从没见过她喝酒的，她的酒量真差。"李澄说。

　　"那杯酒，她是替阿佑喝的。她是不是喜欢阿佑？"

　　"我也是今天晚上才知道。"

　　"阿佑不是在等另一个人吗？"

　　"阿澈一向都是很固执的，这点跟她的哥哥最相似。"

　　"如果有一天我走了，你也会固执地等我回来吗？"

　　"会的，就开一家餐厅等你回来。"他抱着她说。

　　"你根本不会做菜。"她含笑说，"但谢谢你愿意等我。"

　　天亮的时候，李澈留下一张字条悄悄离开了。

5

后来有一天，李澈带着一盆小盆栽来找方惠枣。

"送给你的，那天给你带来很多麻烦，不好意思。"

"不要紧。"

那盆植物长着几片鲜绿色的叶子，好像玫瑰花的叶。

"这是什么花？好漂亮。"

"这是罗勒。"李澈说，"是香料来的，可以摘几片剪碎用来拌西红柿沙拉吃。"

"可以吃的吗？"

"嗯。相传说谎的男人触摸到罗勒，罗勒就会立刻枯萎。"

"我想，枯萎的应该是被他触摸到的女人才对。"方惠枣说。

"说得也是。哥哥呢？"

"他出去了。"

"你是怎样认识哥哥的？"

"故事很长篇——"她笑着说。

"哥哥是个怪人。"

"怪人？"

"他什么都是随兴之所至。"

"有创意的人都是这样的。"

"什么都随兴之所至的男人，是没法给女人安全感的。"

"你是说，你不会爱上像你哥哥这种男人？"

李澈微笑摇头，说："爱上像他这种男人是很累的。"

"你喜欢的是阿佑那一种男人？"

"嗯！"她点头。

"他好像一直在等另一个人——"

"我知道。因为欣赏他对另一个女人的深情而喜欢他，是不是有点不可理喻？"

"爱情本来就是不可理喻的。"

"我从没谈过恋爱，念书的时候，全心全意把书念好，想不到第一次喜欢一个人，就是暗恋。"

"暗恋是很苦的。"

"你忘了我是麻醉科医生吗？我既然能够把别人麻醉，当然也能够麻醉自己。"

"你用什么方法麻醉自己？"

"你知道在麻醉剂没有发明之前，医生是用什么方法把病人麻醉的吗？"

"什么方法？"

"用一根棍子把病人打昏。"

"你是说笑吧？"她笑了起来。

"我是说真的。"李澈认真地说。

"万一病人在手术途中抵受不住痛楚醒了过来，又或者他被打得太重了，从此不再醒来，那怎么办？"

"所以麻醉一个人要比让一个人清醒容易得多。"

6

"阿澈今天来过，送了这盆罗勒给我们。"方惠枣告诉
李澄。

"嗯。"

"阿澄，你喜欢我什么？"

"为什么这样问？"

"阿澈喜欢阿佑对一个女人的深情，你呢？你喜欢我
什么？"

"真的要说吗？"

"我想知道。"

"喜欢你蹲在地上翻垃圾时那个疯疯癫癫的样子。"

"胡说。"

"喜欢你很执着地说一加一是很浪漫的。"

"把你的手伸出来。"

"干什么？"

"伸出来嘛！"

李澄把右手伸出来，方惠枣捉着他的手触摸那盆罗勒。

"果然是说真话。"她笑说。

"什么意思？"

"相传说谎的男人触摸到罗勒，罗勒就会立刻枯萎。"

"哪有这回事？"

"那你刚才是说谎的吗？"

"当然不是。"

"那就是呀！你想知道我喜欢你什么吗？"她躺在他身边，用脚钩着他的脚，跟他缠在一起。

"不想。"

"为什么不想知道？"

"知道又怎样？将来你也会因为同一些理由而不喜欢我。"

"不会的。"

"喜欢一个人和不喜欢一个人，都是因为同一些理由。"

"不会的，如果不喜欢你，我想不到我这辈子还有什么别的事情可以做。"她闭上眼睛幸福地用身体缠着他。

他望着她，一个女人的幸福正是她的男人的负担，他

忽而觉得有点沉重。

7

　　早上离家上班的时候，方惠枣在大厦大堂碰到楼上那位老先生和老太太，还有乌德，他们刚刚散步回来。

　　乌德很好奇地在方惠枣脚边团团转。

　　"早。"老先生说。

　　"早。"方惠枣说。

　　老太太脸上没有什么表情，径自走在前面。

　　"它没有什么朋友。"老先生抱歉地说。

　　"你说你太太？"

　　"不，我说这头狗。"老先生尴尬地说。

　　方惠枣匆匆离开大厦，不敢回头看老太太的神情。

　　这天晚上回到家里，方惠枣刚打开门就看见李澄和乌德在地上玩。

　　"它为什么会在这里的？"她愕然。

　　"当然是我让它进来的。"

"它是楼上那位老先生和老太太的，那位老太太很凶的，你赶快把狗还给她。"

"是她让乌德跟我回家的。"

"是吗？"

"今天下午，我看到它在走廊上徘徊，楼上那位老太太来找它，我们谈起来，她还请我上去坐呢，我们谈了一个下午，她不知多么健谈，哪里是凶？"

"你真厉害。女人都喜欢你，老太太喜欢你，这头母狗也喜欢你，真令人担心。"

她看到桌上有几张女孩子的漫画造型。

"这是什么？"她问。

"我想画一个长篇故事。"

"长篇？你不是一向只画每天完的故事吗？"

"我现在想写一些比较长的故事。"

"这些就是女主角的造型吗？"

"随便画的，都不满意，我还没决定写些什么。"

她觉得他想写长篇故事跟他开始追求天长地久的爱情，必然有一种关系，也许他为她改变了。

她依偎着他，问他："你自己的爱情也是长篇的吗？"

8

　　书架上的那盆罗勒已经长出很多叶子，从夏天到秋天，李澄常常待在书房里画他的长篇故事，乌德有时候会来找他，他跟它玩一阵，它就会心满意足地回家去。

　　方惠枣在家里觉得无聊的时候，会走进书房，坐在李澄的大腿上，李澄抱她一阵，为怕打扰他写作，她只好不情不愿地独自回到床上，她觉得自己似乎跟乌德差不多。

　　李澄写作的时候，她帮不上忙，有时候，看见他自言自语，她觉得她好像不了解这个人。

　　那天夜里，她醒来的时候，李澄还在书房里画画。

　　"画了多少？"她问。

　　"很少。"他有点烦躁。

　　"我是不是影响你画东西？"

　　"没有，去睡吧。"

　　她独自回到床上，不敢骚扰他。

到了午夜，肚子有点饿，李澄穿上外套去二十四小时便利店买点吃的。

离开便利店，他看到一个熟悉的身影走在对面人行道上，那是周雅志。她烫了一头垂肩的曲发，穿着一袭黑色的裙子，把皮包搭在肩上，一个人孤单地向前走，脚步有些凌乱，似乎是喝了酒。

他本来想走过去叫她，但是转念之间，他放弃了，只是站在那里，看着她消失在灯火辉煌的街角。

回到家里，方惠枣坐在沙发上等他。

"你到哪里去了？"她带着睡意问。

"到便利店买点东西。"他坐下来说。

"今天晚上总是睡得不好，好像有什么事情要发生似的。"她把头枕在他的肩膊上。

他呼吸着她头发的气息，他忽然明白他刚才为什么不走上去叫周雅志，因为他心里的位置被她占据着，即使只是跟旧情人寒暄几句，他心里也会觉得愧疚。

爱情毕竟是一种羁绊。

9

这天，方惠枣接到爸爸来的电话。爸爸说，哥哥下星期回来度假，问她那天早上有没有时间一起去接机，晚上一家人吃一顿饭。

"可以的，我周末不用上课。"

"你近来很少回家，是不是工作很忙？"

"嗯，是比较忙。"她抱歉地说。

"一个人在外面，自己要小心。有什么事，一定要打电话回家，半夜三更也没关系的。"

"爸爸，你们不是很早就上床睡觉的吗？"

"我听到电话铃声就会立刻起来，因为你一个人在外头。"

忽然之间，她觉得很对不起爸爸。

"哥哥下星期回来。"她告诉李澄。

"是吗？"

"他已经三年没回来了，我很想念他。"

这几天来，李澄一直想着那天晚上看到周雅志的事。

"你在听吗？"她问。

"嗯。"

"那天晚上，你和我们一起吃饭好吗？"

"我？"

"我想他们知道我跟多么好的男人在一起。"

"他们会失望也说不定。"

"怎么会呢？你可以来吗？"她期待着他的答案。

他很害怕那种场面，但是为了不让她失望，他答应了。他又再一次改变自己，他从前绝对不会做这种事的。

这天早上出去接哥哥之前，方惠枣叮嘱李澄别忘了晚上八点钟在菜馆见面。

"千万不要迟到。"她提醒他。

"知道了。"他说。

方惠枣的哥哥方树华和女朋友一起回来。晚上，他们一家在菜馆里等李澄。

"他是画漫画的。"她告诉家人。

"是画哪一种漫画？"哥哥问。

"我带了他的书来，你们看看。"

哥哥一边看一边说：“他画得很好。”

“我好喜欢。”哥哥的女朋友惠芳说。

“虽然我不懂爱情,但我觉得他的画功很好。”爸爸说。

“你看得懂吗？”妈妈取笑爸爸。

“我去打个电话。”方惠枣去打电话给李澄。家里的电话没人接听，也许他在途中。

那顿饭吃完了，李澄始终没有出现。

在菜馆外面等车的时候，爸爸问她：“那个男人是不是对你不好？”

“不，他对我很好的。”她为他辩护，但是在这一刻，这种辩护似乎是无力的。

“那就好了。”爸爸说。

“可能他去错了地方，他这个人很冒失的。”她说着一些连自己都不相信的话。

10

李澄漫无目的地走在街上，他本来要去见阿枣的家人
的，但是他忽然不想去。经过一家开在地窖的酒廊，他走
了进去。

周末晚上人很多，他坐在柜台前面的一张高脚凳上，
背对着远处的钢琴。琴师弹的歌无缘无故牵动他的心灵，
他想起他正在写的一个故事—— 一对相爱的男女总是无
法好好相处。

钢琴的位置离他很远，琴师的脸被琴盖挡着，他看不
到他的面貌，只能听到今夜他用十指弹奏出来的一份苍凉。

十点半钟了，现在去菜馆已经太迟。

11

回到家门外，掏出钥匙开门的那一刻，李澄问自己，是什么驱使他再次回来这里？是爱情吗？

他推开门，方惠枣坐在沙发上等他，她脸上挂着令他窘迫的神情。

"你为什么不来？"

"我忘记了。"他坐下来脱鞋子。

"你不是忘记，你是不愿意承诺。跟我的家人见面，代表一种承诺，对吗？"

他没有回答，他自己也不能解释为什么要逃避。

"也许有一天，你会忘记怎样回来，你这个人，什么都可以忘记。"她丢下他，飞奔到床上。

他想，对一个女人来说，爱情和承诺是不能分开的，她爱的是男人的承诺。

12

　　黄昏的时候，"鸡蛋"餐厅里，阿佑正站在一把梯子上挂圣诞装饰。

　　"要我帮忙吗？"李澈站在他身后问他。

　　"阿澈，你来了吗？是不是有事找我？"

　　"可以教我做生日蛋糕吗？有一位朋友过几天生日，我想亲手做一个生日蛋糕送给他。"

　　"没问题。"他从梯子上走下来说。

　　"那么，明天来可以吗？"

　　"明天打烊之后你来吧，没有客人，我可以慢慢教你。"

　　"谢谢你。"

　　"你想做哪一种生日蛋糕？"

　　"拿破仑饼。"

　　"拿破仑饼？做这种饼比较复杂。"

　　"那位朋友喜欢吃，可以吗？"

"没问题，你明天来这里，我教你。"他微笑着说。

13

　　这天下班后，方惠枣到百货公司找一个圣诞老人面具，明天在学校的圣诞联欢会上，她要扮演圣诞老人。

　　百货公司的一角放了几棵圣诞树，装饰得好漂亮。这是她和李澄相恋后的第一个圣诞节，她本来盘算着买一棵圣诞树放在家里，但他们住的房子太小了，没有一方可以用来放圣诞树的空间；况且，这几天以来，她和他在冷战，她拒绝和他说话，他常常出去，好像是故意避开她，她不甘心首先和他说话，明明是他不对，没理由要她让步。

　　"阿枣！"

　　她猛地抬头，看见李澈站在她身边。

　　"你好吗？买了些什么？"李澈问。

　　"一个面具。你呢？"

　　"买了几支蜡烛。你有没有时间？我们去喝杯咖啡好吗？"

"嗯。"

"哥哥会不会在家里等你？"喝咖啡的时候，李澈问她。

"他可能出去了，他这个人说不定的。"

"他从小到大都是这样的，不爱受束缚。小时候几乎每次都是我去找他回家吃饭。"

"是吗？我很少听他提起家里。"

"他跟爸爸不太谈得来。我也不了解他们，也许男人都是这样的吧，什么都放在心里。爸爸是管弦乐团里的大提琴手，常常要到外地表演，我们可以跟他见面的时间很少。妈妈就常抱怨爸爸让她寂寞，我倒认为没什么好抱怨的，她当初喜欢他的时候，他已经是这样的了。"

"有时候，我觉得你比你的年纪成熟。"

"当我爱上一个人的时候，我还是会很幼稚的。"

"最近有见过阿佑吗？"

"我们明天有约会。"李澈甜丝丝地说。

14

方惠枣一个人回到家里，李澄也刚刚从外面回来。两个人对望了一眼，默默无言。

"你去买东西吗？"李澄问。

"嗯。"

她看到他的头发上有些白色的油漆，问他："你头发上为什么有油漆？"

"是吗？"他摸摸头发，说："也许是走在街上的时候，从楼上滴下来的。"

她发现他右手的手指也有些白色油漆，指着他的手说："你的手也有油漆。"

"哦，是吗？"他没有解释。

"你买了些什么？"他问。

"不关你的事。"

"到底是什么？"他打开她的购物袋，看到一个圣诞老人面具。

"原来是个面具。"他把面具拿出来戴上，问她，"为什么买这个面具？"

"我要在联欢会上扮演圣诞老人。"

"你？你哪里像圣诞老人？"

"没有人愿意扮圣诞老人，只好由我来扮。还给我！"

"不！"他避开。

"还给我！"

"不！"

"你是不是很讨厌我？"她问。

"谁说的？"他拉开面具问她。

"你不觉得跟我在一起是一种束缚吗？"

他把她抱入怀里，什么也没说，他在学习接受束缚，它跟一个女人的爱情总是分不开的。

15

"鸡蛋"打烊的时候，阿澈来了。

阿佑把餐厅的门锁上，说："我们到厨房去。"

"做拿破仑饼最重要是那一层酥皮。面粉和牛油一起打好之后，要放在冰箱一天，把水分收干。"阿佑从冰箱里拿出一盘已经打好的酥皮浆，说："我昨天先做好了酥皮浆，其中一半你可以拿回去，你自己做不到的，打酥皮浆的过程很复杂，要反反复复打很多次。现在我们把酥皮浆放进焗炉里，调校到一百八十度火力，当它变成金黄色，就要将火力调慢，那层酥皮吃起来才会松脆。"

阿佑把那盘酥皮浆放进焗炉里。

"现在我们可以开始做那一层蛋糕。"他把一盘面粉倒在桌子上。

李澈偷偷望着阿佑做蛋糕时的那种专注的神情，他说什么，她已经听不见了，只想享受和他共处的时刻。

16

今天晚上，报馆有一位女编辑生日，几个同事特地在的士高为她庆祝，李澄也是被邀请的其中一个人。

午夜十二点钟，插满蜡烛的生日蛋糕送上来，大伙儿一起唱生日歌。

李澄到电话间打了一通电话回家。

"我忘了告诉你，报馆的编辑今天生日，我们在的士高里替她庆祝。"

"我知道了。"方惠枣在电话那一头说。

"我可能会晚一点回来。"

"嗯。"

"你先睡吧，不用等我。"

"知道了。"她轻松地说。她在学习给他自由，只要他心里有她，在外面还会想起她，她就应该满足。

他放下话筒，虽然只是打了一通电话，但他知道他正在一点点地改变，为了爱情的缘故。

17

　　阿佑把刚刚焗好的蛋糕从焗炉里拿出来，用刀把蛋糕横切成数份，然后把蛋糕铺在一层已经焗成金黄色的酥皮上面，淋上忌廉。

　　"你来试一下，一层一层地铺上去。"

　　李澈小心翼翼在蛋糕上铺上另外一层酥皮，然后淋上忌廉。

　　"通常会铺三层，你喜欢铺多少层？"

　　"五层。"李澈竖起五根指头。

　　"五层这么高？"

　　"嗯。"

　　"好吧，你自己来。"

　　李澈把最后一层蛋糕也铺了上去，阿佑把热巧克力浆倒进一个漏斗形的袋里。

　　"现在要写上生日快乐和你朋友的名字，你朋友叫什么名字？"

"写上生日快乐就行了。"

"你来写。"

"不行，我会把蛋糕涂花的。"

"这个蛋糕只是用来练习的。"

李澈拿着那个漏斗，把热巧克力浆挤在蛋糕上，那些字母写得歪歪斜斜的，每个字母也拖着一条长长的尾巴。

阿佑忍不住捉住她的手教她："要轻一点。"

字写好了，阿佑放开手说："做好了。做的时候如果有些地方忘记了，再打电话问我。"

"嗯。"李澈从皮包里掏出一支昨天在百货公司买的烟花蜡烛出来，插在蛋糕上。

"有火柴吗？"她问。

"干吗点蜡烛？"

"这是烟花蜡烛，我买了好几支，想试一下效果好不好，麻烦你把灯关掉。"

阿佑只好把厨房的灯关掉。李澈用一根火柴把那支蜡烛点着，那支蜡烛一点着，就像烟花一样，噼里啪啦在黑暗中迸射出灿烂的火花。

"好漂亮！"李澈说。

"是的，真的好漂亮。"

"我们来唱生日歌好吗？"

"唱生日歌？"阿佑奇怪。

"看到生日蛋糕，我就想唱生日歌，可以一起唱吗？
Happy Birthday to you……"

"Happy Birthday to you，Happy Birthday to
you，Happy Happy Birthday to you……"阿佑和她
一起唱。

"谢谢。"李澈幸福地说。

"谢谢？"阿佑愕然。

"今天是我二十六岁生日。"

阿佑站在那里，不知道说些什么好，面前这个女孩子
选择用这种方式来度过自己的生日，其中的暗示已经很清
楚。她是个好女孩，他觉得自己承受不起这份深情。

"生日快乐！"他衷心祝福她。

"谢谢你。"她望着他说。

"你为什么不把蜡烛吹熄？"

"这种蜡烛是不能吹熄的，烟花烧尽，它就会熄灭。"

顷刻之间，烟花烧尽了，只余几星坠落在空中的火花，点缀着一段美丽荒凉的单恋。

"这是我过得最开心的一个生日。"李澈满怀幸福地说。

这个时候，餐厅外面有人拍门。

"我去看看。"阿佑说。他心里嘀咕，这么晚了，还有谁会来。

他打开门，看见姚雪露坐在餐厅外面的石级上。她双手支着膝盖，托着头，微笑着。一年多没见了，她又瘦了一点，那双长长的眼睛有点倦。

"我经过这里，看到还有灯光。很久没见了。"

姚雪露走进餐厅，看到厨房的门打开了。

"还有人没走吗？"

李澈从厨房里走出来。

"是阿澈，你们见过的了。"阿佑说。

"好像很久以前见过一次，她是李澄的妹妹，对吗？"

"是的。"李澈说，"阿佑教我做蛋糕。"

"哦，有没有打扰你们？"姚雪露问。

"蛋糕已经做好了。阿佑，你有没有蛋糕盒，我想把蛋糕带走。"

阿佑把那个拿破仑饼放进盒子里。

"谢谢你，我走了。"李澈拿起皮包，抱着蛋糕出去。

"要我陪你等车吗？"阿佑送她出去。

"有出租车了，你回去陪她吧，再见。"李澈匆匆登上那辆出租车。

阿佑回到餐厅里，姚雪露倒了一杯威士忌在喝。

"你要喝吗？"她问。

"不。"

"我想吃蜗牛奄列。"

"我现在去做。"

她知道阿佑从来不会拒绝她。

18

凌晨时分，有人揿门铃，李澄走去开门，李澈捧着蛋糕站在门外。

"要吃生日蛋糕吗？今天是我生日。"

"噢，对，你是圣诞节之前生日的，我都忘了。"

"哥哥你一向都是这样的。"

"我去拿刀。"

"阿枣呢？"

"她睡了。"

李澈把盒子打开，将蛋糕拿出来。

"是拿破仑饼，你最喜欢吃的。"李澄说。

"嗯。"

"要唱生日歌吗？"李澄问。

"刚才唱过了。"李澈用刀切下两片蛋糕。

李澄吃了一口，说："很好吃。"

"是的，很好吃。"李澈一边吃一边说，这个蛋糕对她来说太特别了。

李澈切了一片蛋糕给李澄，说："再吃多一点。"

"我吃不下了。"

"吃嘛！拿破仑饼是不能放到明天的，到了明天就不好吃了。"

"为什么要买这种只能放一天的饼？我和你两个人是无法把这个饼吃光的。"

"我就是喜欢它只能放一夜，不能待到明天。哥哥，你爱阿枣吗？"

"为什么这样问？"

"爱是要付出的，不要让你爱的女人溺死在自己的眼泪里。"

李澈望着面前这个她和阿佑一起做的生日蛋糕，她本来以为今天晚上只有她和阿佑，可是，他爱的女人突然回来，这也许是命运吧。离开餐厅，登上出租车的时候，她垂下头没有望他。当车子开走了，她才敢回头。看到阿佑转身走进餐厅的背影，她难过得差点就掉下眼泪。她不是爱上他对另一个女人的深情吗？那就不应该哭，起码，他和她，在做蛋糕和唱生日歌的时光里，是没有第三者的，片刻的欢愉，就像那几星坠在空中的烟花，虽然那么短暂，在她的记忆里，却是美丽恒久的。

19

　　平安夜的这一天，李澄一直待在书房里画画，整天没说过一句话，好像任何人也无法进入他的世界。

　　"你可以替我把这两份稿送到报馆吗？"他把画好的稿交给方惠枣。

　　"嗯，我现在就替你送去。"她立刻换过衣服替他送稿。

　　报馆在九龙，本来应该坐地下铁路过去，但是为了在海上看灯饰，她选择了坐渡轮。今年的灯饰很美，可惜是她一个人看。

　　到了码头，她在电话亭打了一通电话给李澄。

　　"圣诞快乐！"她跟他说。

　　"你不是去送稿了吗？"

　　"已经在九龙这边了，不过想提早跟你说一声圣诞快乐。"

　　"回来再说吧。"

她有点儿失望，只好挂上电话。这是他们共度的第一个圣诞节，但是他好像一点也不在乎。她不了解他，他有时候热情，有时候冷漠，也许，他不是不在乎，他正忙着赶稿，她应该体谅他。从前，她以为有了爱情就不会孤单，现在才知道即使爱上一个人，也还是会孤单的。

20

李澄用油彩在米白色的墙上画上一棵圣诞树。阿枣曾经带着遗憾说：“这里放不下一棵圣诞树。”他不会让他爱的女人有遗憾。

方惠枣回来的时候，看到墙上那棵圣诞树，她呆住了。

“谁说这里放不下一棵圣诞树？”李澄微笑说。

“原来你是故意把我支开的。”

她用手去触摸那棵比她还要高的圣诞树。

“比真的还要漂亮。”她说。

“只要你闭上眼睛，它就会变成真的。”

“胡说。”

“真的。”

“你又不会变魔术。”

“我就是会变魔术，你闭上眼睛。”

“你别胡说了。”

"快闭上眼睛。"他把她的眼睛合起来，吩咐她，"不要张开眼睛。"

"现在可以张开眼睛了。"他说。

圣诞树没有变成真的。放在她面前的，是她那本脚踏车画册上的那辆意大利制的脚踏车，整辆车是银色的，把手和鞍座用浅棕色的皮革包裹着，把手前方有一个白色的篮子，篮子上用油漆画上曼妮的侧面，曼妮微微抬起头浅笑。

"对不起，我失手了，本来想变一棵圣诞树出来，怎知变了脚踏车。"

"你很坏！"她流着幸福的眼泪说。

"这个篮子是我特别装上去的，这辆脚踏车现在是独一无二的。来！坐上去看看。"他把她拉到脚踏车前面。

"我知道你的头发为什么有油漆了。"她说，"你一直把脚踏车藏在哪里？"

"楼上老先生和老太太家里。"

"怪不得。"

"快坐上去看看。"

她骑到脚踏车上。

"很好看。"他赞叹。

她蹬着脚踏车在狭隘的房子里绕了一圈。

"要不要到街上试试看？"他问。

她微笑点头。

他坐在她身后，抱着她说："出发！"

21

　　方惠枣载着李澄穿过灯光璀璨的街道，也穿过灯火阑
珊的小巷。

　　"要不要交换？"他问。

　　"嗯。"她坐到后面。

　　"你爱我吗？"她问。

　　"女孩子不能问男人这个问题。"

　　"为什么不能问？"

　　"一问就输了。"

　　"那么你问我。"

　　"男人也不能问这个问题。"

　　"你怕输吗？"

　　"不是，只是男人问这个问题太软弱了。"

　　"我不怕输，你爱我吗？"

　　"已经爱到危险的程度了。"

"危险到什么程度？"

"正在一点一点地改变自己。"

她把一张脸枕在他的背上，他仿佛能够承受她整个人的重量、她的幸福和她的将来。

他握着她的手，他从没想过会为一个女人一点一点地改变自己。他载着她穿过繁华的大街与寂寞的小巷，无论再要走多远，他会和她一起走。

第 三 章 ｜ 一 支 骊 歌

1

这天午后，有人揿门铃，方惠枣跑去开门，一个中年男人站在门外，男人的头发有点白，身上穿一件深蓝色的呢大衣，看得出十分讲究。

"请问李澄在不在？"

"你是——"

"我是他爸爸。"

她看看他的五官和神气，倒是跟李澄很相似。

"你一定是阿澄的女朋友方小姐吧？是阿澈把这里的地址告诉我的。"

"世伯，你请坐，阿澄出去了。"

"是吗？"他有点儿失望。

"今天早上说是去踢足球，我看也差不多时候回来了。世伯你要喝些什么？"

"有咖啡吗？"

"只有即冲的，我去调一杯。"

"谢谢你。"

她把调好的即冲咖啡端出来。

"谢谢你。"

"这辆脚踏车好漂亮。"他童心未泯地骑在脚踏车上。

"嗯。"

"阿澄很喜欢踢足球的。"他说。

"是的。"

"我一点也不懂足球。小时候他常嚷着要我带他去看球赛，但我经常不在香港。"

"世伯你去过很多地方吗？"

"你说得出的地方我都去过了，我刚刚就从芬兰回来。"

"芬兰是不是很寒冷？"

"冷得几乎失去做人的斗志。我在洛凡尼米圣诞老人村跟圣诞老人拍了张照片。"他兴致勃勃地从口袋里掏出一张照片给她看。

照片中，他和一个约摸二十来岁的中国籍女孩子亲昵地站在圣诞老人的鹿车旁边跟圣诞老人拍了一张照片，照片中的年轻女孩子肯定不是李澄的妈妈，看来倒像是他爸爸的女朋友。

"有机会你也去看看。"他说。

"这么遥远的地方，不知道这辈子会不会有机会去。"
她笑说。

他看看手表，说："我要走了。"

"你不等他吗？"

"我约了人。"他从口袋里掏出一张门票来，说，"周
末晚上有一场球赛，听说很难买到门票，朋友特地让出两
张给我，我想和阿澄一起去。我们两父子从没试过一起看
球赛。他周末晚上有空吗？"

"我看应该可以的。"

"那就麻烦你告诉他，开场前二十分钟，我在球场外
面等他。"

"我会告诉他的。"她接过他手上那张门票。

他走了不久，李澄就回来了。

"你爸爸刚刚来过。"

"他找我有什么事？"他冷冷地问。

"他有周末那场球赛的门票，叫我交给你，他约你开
场前二十分钟在球场外面等。"

"他约我看球赛？"他不太相信。小时候，他常嚷着叫他带他去看球赛，他总是叫他自己去，现在他竟然说要和他一起去看球赛，如果要补偿些什么，也都已经太迟。

"你会去吗？"

"不去。"

"这是本年度最精彩的一场球赛吗？"

"是的。"

"那你为什么不去？我看得出他很想你去，他今天等了你很久。"

"那他为什么不等我回来？"

"他约了人。"

"那就是呀。"

"你不是很渴望他陪你看球赛的吗？去吧。"她不知道他和他爸爸有什么问题，但她看得出他们彼此都在意对方。

他摇头。

"答应我吧，好吗？"她抱着他的胳膊说。

他没有再拒绝。

"那就算是答应了。"她笑说。

2

　　这一天，李澄去看球赛，临行之前，方惠枣塞了一袋咖啡豆给他。

　　"这是什么？"

　　"给你爸爸的，我昨天特地去买的。店里的人说是最好的，不知道他喜不喜欢这种味道，那天家里没有好的咖啡招待他，不好意思嘛。就说是我送给他的，让我拿点印象分。"她俏皮地说。

　　"快去！别要他等你。"她催促他快点出门。

　　今天很寒冷，李澄穿了一件短呢大衣，满怀希望在球场外面等爸爸。他一直渴望接近爸爸，但是几乎每一次都弄得很僵，他想，这一次或许不同。

　　球赛已经开始了，球场外面只剩下他一个人站在刺骨寒风中等他的爸爸。他是不会来的了，他就是这样一个人，总是在他的家人需要他的时候舍弃他们。

李澄把那一包咖啡豆扔进垃圾桶里。

3

回来的时候，李澄努力装出一副若无其事的样子。

"那场球赛精彩吗？"她问。

"嗯。"他坐下来扫扫乌德的头。

"你们谈了些什么？"

"请你不要再管我的事！"他向她咆哮。

她一脸错愕怔忡。

"他根本没来！你为什么要我去？你了解些什么！"

"对不起——"

"你什么时候才肯放弃占有一个人？"他觉得他受够了，她老是想改变他。

她没话说，她还可以说什么呢？她从来没见过他这么凶，她更从没察觉自己在占有他，她希望他快乐，但为什么会变成他口中的占有？

"我出去走走。"他低声说，"乌德，我们走吧。"他害怕面对这种困局。

他带着乌德出去，留下她一个人。

他漫无目的在街上走着，乌德默默地跟在他身后，他听到一首似曾相识的歌，那是从地窖里的钢琴酒廊传出来的，不久之前，他光顾过那里一次，刚巧也是听到琴师弹这首歌。

"乌德，你不能进去的，你在这里等我。"他吩咐它。

乌德乖乖地蹲在酒廊外面。

李澄独个儿走下梯级，来到酒廊。今夜的客人很少，他随便坐在钢琴前面，那夜看不清楚琴师的容貌，今夜终于看清楚了，叫他错愕的是，弹琴的人是周雅志。她就像那天他见到她在街上走过一样，烫了一头垂肩的曲发，一袭黑色的长裙包裹着她那纤瘦的身体，开得高高的裙衩下面露出两条像白瓷碗那样白的美腿，眉梢眼角多了几分沧桑，兀自沉醉在悲伤的调子里。

她抬起头来，发现了他，跟他一样错愕，旋即又低下头，用十只手指头谱出那无奈的调子。弹完了那一曲，她站起来，走到他身边，坐下来，说："很久不见了。"

"你为什么会在这里上班？"

　　"钱用完了，要赚点钱过活。"她刻意省略了这其中的故事，淡淡地说。

　　"你为什么一个人来？阿枣呢？"

　　"她在家里。"

　　"你们结婚了？"

　　"还没有。"

　　"是的，你也不像会结婚的人。"她叫了一杯薄荷酒，说，"我一直很奇怪你们会走在一起。"

　　他没搭腔，他不知道她所谓奇怪是指哪一部分。

　　她呷着薄荷酒说："有一种女人，一旦爱上一个男人，那个男人就是她的世界，她余生唯一的盼望就是跟他相依

　　为命，过着幸福的生活，仿

　　佛这一切都是理所当然的，

　　阿枣就是这种女人，你却是个害怕承诺的人。当一个女人

　　太接近你，就会受到你的打击。"

　　　　"你好像在解剖我。"

"因为我们是同类。"

他望着她，她离开他的时候，他着实伤心了一段日子，除了因为被她背叛了，也同时因为他失去了一个了解他而又愿意放任他的女人。

"不过你好像有点改变了。"她说。

"嗯？"他微微怔了一下。

"你眼里竟然有点温驯，好像被一个女人照顾得很好似的，你从前不是这样的。"

他尴尬地笑了一笑，对男人来说，温驯不是一个好的形容词，她让他觉得他是一头被人豢养的野兽，已经逐渐失去在野外求生的本能。

4

李澄从酒廊回来，看到方惠枣躺在床上，她蜷缩着身体，把头埋在枕头里，他几乎看不到她的脸。

她没有睡着，只是这个时候，如果不闭上眼睛假装睡觉，也就没有别的好说。有时候，晚上难过，倒是希望真的会睡着，到了明天，又是新的一天，就可以放下一些倔强和固执，当作没事发生一样。

他躺在她身边，一只手轻轻抱住她的胳膊，是试探，也是投降。她没有推开他，当他的手触到她的胳膊时，她整个人好像掉进一窝酸梅汤里，好酸，酸里面又有甜。她转过身去，嗅到他呼吸里的酒的气味。

"你喝了酒吗？"

他没说话，只是抱得她更紧一些。

她把头埋在他的胸膛里，当女人知道男人为她而喝酒，心里总是有点怜惜，也有点自责，也许还有一点自豪。

5

不下雨的日子，方惠枣会骑着她的脚踏车上班，穿过
大街小巷，穿过早晨的微光与黄昏的夕阳。她骑着的，是
她的爱情，就像小仙女骑着魔术扫帚一样，仿佛是会飞上
云端的。

李澄的爸爸后来打过一通电话来，是李澄接的。

"对不起，那天我忘记了。"他说。

"不要紧，我那天也没有去。"李澄说。

李澄又去过那家钢琴酒廊两次，周雅志会跟他聊天或
者什么也不说，两个人想的事情也许不一样，她想的是前
尘往事，他想的是现在和将来。他一向喜欢听她弹琴，她
进步了很多，从指间悠悠流出来的感情是跟从前不同的，
他不知道她经历了些什么，但是这一切都变成了神采；而
他自己，近来好像枯干了，那本长篇写得好慢好慢，他真
害怕太安稳的爱情和太安稳的生活会使他忘记了怎样创

作，正如她说，他变得温驯了。

是的，他从来就没试过爱一个女人爱得那么久，从来不是他受不了对方，就是对方受不了他。

每次来这里，他都是带着乌德一起来的，它会乖乖在外面等他，这样的话，阿枣不会问他去了哪里，她会以为他和乌德去散步。

他不会在酒廊里逗留太久，阿枣会担心他的，他不想她担心。他是爱她的，然而，也只有爱，能够将世界变成斗室，连空气也变得稀薄。

6

今天是方惠枣的生日，上完最后一课，她匆匆赶回家。家里的灯亮着，李澄出去了，她以为他想给她一点惊喜，他从来就是一个随兴之所至的人。天色已晚，他还没有回来，他竟然忘记了她的生日，她曾经提醒过他的。

她骑着脚踏车到球场找他，他果然正在那里跟大伙儿踢足球。

他看到了她，带着温暖的笑容跑到她跟前，问她："你找我有事吗？"

"今天是我的生日。"她说。

他这才猛然想起来，看到她生气的样子，他连忙说："我们现在就去吃饭庆祝。"

"不用了。"她骑上脚踏车，拼命往前冲，不听他解释。她是爱他的，但他总是那么不在乎。

"阿枣！"他在后面追她。

她没有停下来，她什么也不要听。他拼命追上去，用手拉着脚踏车的车尾，企图使她停下来，谁知道这样一拉，本来往前冲的她，突然失去了平衡，整个人和脚踏车一起滚在地上，翻了两个筋斗，手掌和膝盖都擦伤了。

他连忙扶起她，紧张地问："你有没有事？对不起，我不是有意的。"

"你看你做了些什么！"她向他怒吼。

他看到她的裙子擦破了，膝盖不停淌着鲜血，脸上露出痛苦的神情，他连忙从口袋里掏出一条手绢替她抹去膝盖上的鲜血。

"对不起。"他内疚地说。

"你看你做了些什么！"她扶起地上的脚踏车，她说的不是她自己，而是他送给她的脚踏车。那辆脚踏车刚好跌在跑道旁边的石磴上，后轮挡泥板给刮上了一道深深的疤痕，她连忙用裙子去擦那道疤痕，可惜已经没用了。

"你痛不痛？"他关心的是她。

"你别理我！"她骑上脚踏车，愈走愈远，把他丢在后面。

他无可奈何地望着她的背影消失在昏黄的灯下。

7

　　方惠枣脱下裙子，坐在浴缸边缘洗伤口。这一袭白色的裙子是她新买的，特地在今天穿上，现在，裙子磨破了，不能再穿，她心痛裙子，心痛膝盖，心痛那辆脚踏车，更心痛他心里没有她。

　　她努力替他找借口，他从来就是这样一个人，她不是不知道的。他忘记重要的日子，他好像什么都不在乎，他好像活在自己的世界里，那个世界是她不能进入的。他喜欢随兴之所至，她有时候根本不知道他心里想什么；但是，这些重要吗？最重要是他爱她，她知道他是爱她的，否则像他这样一个人，不可能跟她生活，他说过他正在一点一点地失去自己，单凭这一点，她就无法再怪责他。

　　她听到李澄回来的声音，听到他的脚步声，她已经心软。

　　"痛不痛？"他走进浴室看她。

"如果说不痛，那是骗你的。"

"紧要么？"他蹲下来，看她膝盖上的伤口。

他像个犯了错的孩子，他不是有意伤害她的。她把手软软地支在他的肩膊上。

"生日快乐。"他跟她说，"我买了消毒药水和纱布。"

"这就是我的生日礼物吗？"她把一条腿搁在他的大腿上，让他替她洗伤口。

"喜欢吗？"

"喜欢得不得了。"她做势要踢他。

他捉住她的腿，替她绑上纱布，抱起她的脚掌，抵住自己那张温热的脸。

"你还是危险程度地爱着我吗？"她问他。

"嗯。"

这一天晚上，李澄独个儿来到酒廊，周雅志正在全神贯注地弹琴。她看到了他，朝他看了一眼，然后又专注在黑白的琴键上。天地间还有一种灰色，她和李澄分开了又重逢。那个时候，她爱上另一个男人，她以为自己做对了，她和那个男人在欧洲好几个国家生活了一年，最后一站，她带他回去不来梅。一天晚上，她和他在广场上散步，他在她耳边轻声说："我爱你。"她突然全身起了鸡皮疙瘩。如果他一直不说"我爱你"，她会以为自己是爱他的，可是他一旦说了，她才知道自己不爱他。第二天，她就撇下他，一个人回来香港。

她没想过要回到李澄身边，偏偏却又碰到他，她故意省略了离别之后的故事，因为那是一个错误的背叛。再见到李澄，她比从前更怀念他，但他已经是别人的了。她是个挺爱面子的女人，她不会回头，况且她没把握他会回到她身边，她看得出他改变了，如果不是深深地爱着一个女人，他不会改变得那么厉害。

9

　　乌德来找李澄，方惠枣打开门让它进来，她蹲下来跟它说：

　　"阿澄出去了，不如今天晚上我陪你散步。"

　　她带着乌德到街上散步，乌德蹲在酒廊外面，怎样也不肯再走。

　　"不要赖在这里。"她拉它走。

　　它还是不愿走，好像在守候一个人似的。

　　她一直没留意她家附近有这么一家钢琴酒廊，在好奇心驱使下，她沿着梯级走下去，赫然看到李澄和周雅志，他们两个坐在柜台的高脚凳上聊天，她有点不相信自己的眼睛，他晚上常带乌德出去散步，原来是来这里。

　　周雅志已经看到她了。

　　"阿枣，很久不见了。"她微笑说。

　　李澄看到了她，有点窘。

　　"我带乌德出来散步,它赖在外面不肯走,我觉得奇怪,所以进来看看。"她不想李澄误会她跟踪他。

"坐吧。"他让她坐在他和周雅志中间。

"你要喝点什么？我来请客。"周雅志说。

"白酒就好了。"她说。

"你爸爸妈妈好吗？"周雅志问她。

"他们很好，你有心了。"

"阿枣有没有告诉你，我中二那年曾经离家出走，她收留了我一个月？"周雅志跟李澄说。

"是吗？"

"嗯。"方惠枣点头。

"阿枣的爸爸妈妈很疼我呢，我几乎舍不得走。那时幸亏有她收留我，要不然我可能要睡在公园里。"

"那时候我好佩服你呢！"方惠枣说，"我从来不敢离家出走，我是个没有胆量的人。"

"阿枣的爸爸每天早上都要我们起来去跑步，这个我可挨不住。"

"是的，我也挨不住。"

方惠枣笑着说。她想起她和周雅志曾经是那么要好的，为什么今天会变成这样？

"我要失陪了。"周雅志回到钢琴前面，重复弹着那一支又一支熟悉的老调。李澄已经是别人的了，只有她弹的歌还是她的。

回家的路上，李澄什么也没说，他不想解释，解释是愚蠢的，如果阿枣信任他，他根本不需要解释。

她好想听听他的解释，但她知道他没这个打算，她要学习接受他是一个不喜欢解释的人。

但她终究还是按捺不住问他："你还喜欢她吗？"

"别疯了。"他说。他还是没法改变她。

乌德走在他们中间，他们两个却愈走愈开。

10

方惠枣和几位老师这天带着一群中五班的学生到长洲露营，这群学生在露营之后就要离开学校了。

自从跟李澄一起之后，她从没离开过他一天，这次要离开三天两夜，是最长的一次别离，她心里总是牵挂着他。

第二天晚上的活动是带学生到沙滩上看星，出发之前，她在营地打了一通电话给李澄，他的声音有点虚弱。

"你是不是不舒服？"她紧张地问他。

"胃有点痛。"

"有没有吃药？"

"不用担心，我会照顾自己。你不是要出去吗？"

"是的，去看星。"

"别让学生们等你。"他倒过来哄她。

"嗯。"

天空没有星，阿枣那一边大概也看不到星。她离开了两天，他反而觉得自由。女人永远不能明白男人追求自由的心，即使他多么爱一个女人，天天对着她，还是会疲倦得睁不开眼睛，看不到她的优点的。

这个时候有人揿门铃，李澄起来开门，周雅志一只手支着门框，另一只手钩着皮包搭在肩上，斜斜地站在门外，有点微醉，大概是喝了酒。

"我刚刚在楼下经过，可以借你的浴室用吗？"

"当然可以。"

"阿枣呢？"

"她带了学生去露营。浴室在那边。"

周雅志走进浴室，洗脸盆的旁边，放着两把牙刷、两个漱口杯、一个电动须刨，还有一瓶瓶排列整齐的护肤品，处处都是李澄和方惠枣共同生活的痕迹，她忽然有点妒忌起他们来。

从浴室出来的时候，她问李澄："我可以在这里睡一会儿吗？我很累。"她一边说一边脱下高跟鞋，在沙发上躺下来。

"没问题。"

"可以把灯关掉吗？灯亮着的话，我没法睡。"

"哦。"他把厅里的灯关掉，走进书房里继续工作。

她抱着胳膊，蜷缩在沙发上。今天晚上，她寂寞得很紧要，不想一个人回家去，在这个漆黑而陌生的小天地里，有脚踏车，有绘在墙上的圣诞树，有人的味道，她竟然找到一种温暖的感觉。她突然觉得她有权在寂寞的时候去找旧情人暂时照顾自己，这是女人的特权。

长洲的天空今夜没有星，大家在沙滩上点起了火，围着炉火跳舞。方惠枣看看手表，现在回去还来得及，她打听了最后一班从香港开往长洲的渡轮的时间，跟同事交代了几句，说家里有点急事，得立刻回去看看，并答应今天晚上无论如何会赶回来。昨天离家的时候，她把家里的胃药带走了，却没想到需要药的是李澄，他是个不会照顾自己的人，宁愿挨痛也不会去买药，她急着把药带回去给他，她要回去看看他。

渡轮上的乘客很少，苍白的灯光下，各有各的心事，不知不觉，她和李澄已经一起两年零七个月了，他在夜校门外的石榴树下扳着枯枝桠等她的那一幕，仿佛还是昨天。离开史明生之后，她曾经以为她这一辈子不会遇到一个更好的男人，史明生跟她分手时不是说过人生有很多可能吗？遇上李澄，正是人生最美丽的一种可能。

渡轮泊岸，她匆匆赶回家。客厅里一片漆黑，她扳下灯掣，看到一个长发的女人蜷缩在沙发上，面对着沙发的拱背睡着。

李澄听到开门的声音，从书房走出来。

"你为什么会回来？"他问她。

周雅志被吵醒，转过身来睁开眼睛，看到方惠枣。

"阿枣！"她坐起身来，一边穿上高跟鞋一边向她解释，"刚才上来借你们的浴室用，因为太累，所以在这里睡着了。"

她站起来，拿起皮包跟他们说："再见。"

周雅志走了，方惠枣和李澄面对面站着，她想听他的解释，但他什么也没说，她从皮包里掏出那一包胃药，放在桌上，说："我带了胃药回来给你。"

"已经好多了。"他说。

"我要赶搭最后一班渡轮回去。"她转身就走。

在出租车上，她不停为他找借口。如果他们两个有做过些什么事，不可能一个躺在沙发上，一个在书房里，也许周雅志说的是实话，但这一次已经是她第二次碰到他们两个单独一起了。周雅志对他余情未了，那么他呢？

李澄看了看桌上那一包胃药，匆匆追出去。

车子到了码头，最后一班渡轮要开出了，方惠枣飞奔进码头，水手刚好要拉上跳板，看见了她，又放下跳板让她上船。

渡轮上的乘客很少，在苍白的灯光下，各有各的心事，方惠枣哭了，她曾经以为她把两年零七个月的时光都掷在最美好的所在，他却伤了她的心。

李澄赶到码头，码头的大门已经关上，最后一班渡轮刚刚开走。他颓然倚在码头旁边的栏杆上。他不会告诉她，他曾经来过码头。如果爱情是一场追逐，他实在有点吃力了。

11

渡轮离开长洲码头，露营结束了，学生们都舍不得走，方惠枣却不知道应不应该回家。她可以装着若无其事的样子吗？她害怕自己办不到。

她还是回来了，李澄正在和乌德玩耍。

"你回来啦？"

"嗯。"

乌德向着她摇尾巴。

"你吃了饭没有？"他问。

她突然对他这副好像没事发生过的神情好失望。

"你没有话要跟我说吗？"她问。

　　他望了望她，又低下头来扫扫乌德身上的毛，似乎不打算说些什么。

　　"你是不是又和她来往了？"

　　他还是没有望她，只望着乌德。

　　"你为什么不望我？你是不是很讨厌我？"

　　"你的要求已经超过我所能够付出的。"他冷漠地说。

她深深受到打击，反过来问他：

"难道我没有付出的吗？你好自私。"

"为什么你不能够无条件地爱一个人？"他抬头问她。

"你说得对，爱是有条件的，起码你要让我接近你。现在我连接近你都不可以，有时候我不知道你心里头想些什么。"

"如果我们从没开始，也许还有无限的可能，但是开始了，才知道没可能。"他沮丧地说。

"你是不是想我走？"她颤抖着问他。因为害怕他首先开口，所以她首先开口。

他没有答她。

"那好吧。"她拿出一个皮箱，把自己的东西通通扔进去。乌德站在她脚边，用头抵住她的脚背，仿佛是想她留下来，她把脚移开，她需要的不是它的挽留，而是屋里那个男人的，但是他连一句话都不肯说。

"其他东西我改天来拿。"她提着皮箱走出去。乌德追了出去，又独个儿回来。

她走了，他痛恨自己的自私，但他无法为她改变。

12

周雅志正在浴室里洗澡，有人揿门铃，她跑出去看看是谁，方惠枣站在门外。

"我以前曾经收留你，你现在可以收留我吗？"

她打开门让她进来。

"你跟李澄吵架了？"

方惠枣把行李箱放下，回答说："是的。"

这所房子面积很小，陈设也很简陋，只有一张单人床。

"你跟李澄吵架，为什么会跑来我这里？"

"因为我没有别的地方可以去，而且，我来这里可以监视你。"

"监视我？"

"看看你有没有去找他。"

周雅志不禁笑了起来，说："你跟李澄一起太久了，竟也学了他的怪脾气，随你喜欢吧，反正我这几天放假，不过我的床太小了，两个人睡在一起会很挤迫。"

"我睡在这里。"她打开行李箱，拿出一个睡袋铺在地板上。

"晚安。"她钻进睡袋里。

夜深了，两个人都还没睡着。

"我们以前为什么会那么谈得来？"方惠枣问周雅志。

"因为我们没有先后爱上同一个男人。"

"是你首先放弃他的。"

"我现在也没要回他。"

第二天，方惠枣很早就起来，她根本没怎么睡过。她坐在地上看书，看的是她临走时带在身边的李澄的漫画集。

到了下午，周雅志还没起床，方惠枣走到她床边，发现她的脸色很苍白，身体不停在发抖。

"你没事吧？"她摸摸她的额头，她的额头很烫。

"你在发热，你家里有退烧药吗？"

周雅志摇头。

"我出去买，你的钥匙放在哪里？"

"挂在门后面。"

方惠枣到街上买了一排退烧药，又到菜市场买了一小包白米、一块瘦猪肉和两个皮蛋。

她喂周雅志吃了药，替她盖好被子，又用毛巾替她抹去脸上的汗。

"你不用上班吗？"周雅志问她。

"学校已经开始放暑假。"

"哦，是吗？"她昏昏沉沉地睡着了，直到晚上才起来。

"你好了点没有？"

"好多了，谢谢你。"

"很香，是什么东西？"

"我煲了粥，你不舒服，吃粥比较好。"方惠枣用勺子舀了一碗粥给周雅志。

周雅志坐下来吃粥，她整天没吃过东西，所以胃口特别好。

"这碗粥很好吃。"周雅志说。

"谢谢你。"

"你为什么对我这样好？"

"因为你生病。"

"你很会照顾别人。"

"这是缺点来的，他觉得我令他失去自由。"

"阿澄是个长不大的男人，跟这种男人一起是不会有你追寻的那种结果的。"

"我追寻的是哪一种？"她愣了一下。

"就是跟一个男人恋爱，然后和他结婚生孩子。我真的无法想象阿澄会做爸爸！"她忍不住笑起来。

"你们曾经讨论过结婚吗？"她心里有点妒忌。

"我们一起的时候，从没提过'结婚'这两个字。"

"那个男人呢？你跟他分手了么？"

"嗯。"

"为什么？"

"因为他跟我说了'我爱你'。"

"那有什么问题？"

"我全身起了鸡皮疙瘩。原来我是不爱他的。这三个字本来应该很动人，想不到竟是一个测验。"

"我们一生又能听到多少次'我爱你'？"

"的确不多。"她的头有点痛，用手支着头。

"你去休息一下吧，让我来洗碗。"

"你用不着对我这么好。"

"或者我想感动你。"她苦笑了一下说。

"感动我？"

"希望你不会把阿澄抢回去。"

"你知道我可是铁石心肠的。"

"我知道。"

"你太小觑我了，是我不要他的，我为什么又要把他抢回来？"

"你也太小觑阿澄了。他是很好的，如果有来生，我还是希望跟他一起。"

午夜里，周雅志听到一阵阵低声的啜泣，她走到方惠枣身边，蹲下来问她："你没事吧？"

"我不知道我为什么会在这里，为什么爱会变成这样？我很想念他。"她在睡袋里饮泣。

"既然想念他，那就回去吧。"

"我根本不懂用他的方法去爱他。"

到了第五天晚上，周雅志换过衣服准备上班。

"你去哪里？"方惠枣问她。

"我去上班，我这份工作是没有暑假的，你是不是也要跟我一起去，监视着我？"

"我在这里等你回来好了。"

"你有见过我那个黑色的发夹吗？"周雅志翻开被子找那个发夹。

这个时候，有人揿门铃，周雅志走去开门，她好像早就知道是谁。

"你来了就好。"她打开门让李澄进来。

方惠枣看到是李澄，既是甜也是苦；甜是因为他来接她，苦是因为他未免来得太晚了，她天天在想念他。

"请你快点带她走，我不习惯跟别人一起住。"周雅志跟李澄说。

"你不收留我，我可以去别的地方。"方惠枣蹲在地上把睡袋折叠起来。

"让我来。"李澄接过她手上的行李箱。

"不用了。"

"快走！快走！我受不住你天天半夜在哭。"周雅志说。

她知道周雅志是故意说给李澄听的。

临走的时候，她回头跟周雅志说："你的发夹在浴室里。"

"好了，我知道了，再见。"周雅志把门关上。她想，她一定是疯了。她仍然是爱着李澄的，但是她竟然通知李澄来这里带方惠枣走，她被方惠枣感动了么？不，当然不

154

是，她这样做是为了自己，她要证明自己已经不爱李澄。

方惠枣拿着行李箱走在前头，李澄走上去把她手上的行李箱抢过来，拉着她的手。

"对不起。"她跟他说。

"为什么要说对不起？"

"我太任性了。"

"任性的是我。"

她深深地看了他一眼，她已经五天没见过他了。

"你爱我么？"她问。

"不是说过女人不要问这个问题么？"

"我认输了，我想知道。"

"不是说过已经到了危险程度吗？"

"我想知道现在危险到什么程度。"

"已经无法一个人过日子。"

她用双手托着他的脸，深深地吻了他一下，说："我也是。"

只是，爱情把两个人放在一起，让他们爱得那么深，不过是把生活的矛盾暂时拖延着。

13

这一年的冬天好像来得特别早，才十二月初，已经很寒冷。这一天，方惠枣下班后骑着脚踏车回家，风大了，她就骑得特别吃力。经过公园的时候，她刚好遇到住在楼上那位老太太，老太太一个人从公园走出来。

方惠枣跟她点点头。

"方小姐，刚刚下班吗？"老太太和蔼地说。她一向也很严肃古怪，这些年来，方惠枣都不太敢和她说话，但是老太太今天的兴致好像特别好，脸上还露出往常难得一见的笑容。

"你这辆脚踏车很漂亮。"老太太说。

"谢谢你。"

"可以让我试试吗？"

方惠枣微微怔了一下，老太太这把年纪，还能骑脚踏车吗？但是看到老太太兴致勃勃的样子，她也不好意思说不。

"好的。"她走下车。

老太太颤巍巍地骑上脚踏车，方惠枣连忙扶着脚踏车，但是老太太一旦坐稳了，就矫健地蹬了两个圈，脸上露出一副俏皮的神情。

"好厉害！"方惠枣为她鼓掌。

老太太从脚踏车上走下来说："我年轻的时候常常骑脚踏车。"

"怪不得你的身手这样好。"

"你和阿澄很登对。"老太太说。

"其实我们很多地方都不相似。"

"爱一个跟自己相似的人不算伟大，爱一个跟自己不相似的人，才是伟大。"老太太说。

那天深夜，她和李澄在睡梦中听到一阵阵救护车的警号声，持续了好几分钟。

第二天晚上，她和李澄从外面回来，在大厦大堂碰到老先生一个人，他的样子十分憔悴。

"老太太呢？"她问。

"她昨天晚上去了。"老先生难过地说，"是哮喘，老毛病来的。救护车把她送去医院，医生抢救了十多分钟，还是救不回来。"

夜里，方惠枣无法入睡。

"她昨天还是好端端的，虽然跟平常的她不同，但是很可爱——"

"也许她自己也有预感吧。"

"如果有那么一天，你希望我和你两个人，哪一个先走一步？"

"不是由我和你来决定的。"

"我希望你比我早死——"

"为什么？你很讨厌我吗？"

"脾气古怪的那一个早死，会比较幸福。老太太比老先生早死是幸福的，因为老先生什么都迁就她，如果老先生先死，剩下她一个人，她就很可怜了。"

"说得也是，那么我一定要死得比你早。"李澄说。

"当然了，你这么古怪，如果我死了，剩下你一个人，你会很苦的。"她深深地看着他，她是舍不得他死的，但更舍不得丢下他一个人在世上。

14

这天黄昏，方惠枣在家里接到爸爸打来的电话。

"阿枣，我就在楼下的茶室，你能下来一下吗？"爸爸在电话那一头说。

"我现在就来。"

她匆匆来到茶室，爸爸正在那里等她。

"爸爸，是不是有什么事？"

"我在附近经过，所以来看看你。"

"对不起，我很久没有回去看你和妈妈了。"她内疚地说。

"我们很好，不用担心。我们的移民申请已经批准了，迟些就过去加拿大，你真的不打算跟我们一起去吗？"

"我喜欢这里。"

"我每天也有看他的漫画。"

"喔？"她有点儿惊讶。

"看他的漫画，可以知道你们的生活。"爸爸笑说。

"爸爸——"

"我很开心你可以找到自己喜欢的人，而且我知道他是忠的。"

"爸爸，你怎么知道他是忠的？"她笑了起来。

"看他的漫画就知道，他的心地很善良。好了，我要回去了，你妈妈等我吃饭。"

"我送你去车站。"

方惠枣陪着爸爸在公共汽车站等车，这天很寒冷，她知道爸爸是专程来看她的。车站的风很大，她把身上那条枣红色的羊毛围巾除下来，挂在爸爸的脖子上。

"不用了。"爸爸说。

"不，这里风大。"她用围巾把爸爸的脖子围起来，这一刻，她才发现爸爸老了，他有一半的头发已经花白，本来就是小个子的他，现在仿佛更缩小了一点。岁月往往把人的身体变小，又把遗憾变大。离家那么久，爸爸已经老了，她觉得自己很不孝。

"爸爸，对不起——"她哽咽。

"活得好就是对父母最好的回报。"爸爸拍拍她的肩

膀说。

"车来了。"爸爸说。

"爸爸，小心。"

她目送爸爸上车，爸爸在车厢
里跟她挥手道别。

车开走了，她呆呆站在那里。

"你站在这里干什么？"李澄忽然站在她身后，吓了她一跳。

"爸爸来看我，我刚刚送他上车。"

他看到她眼睛红红的，问她："你没事吧？"

"我觉得自己很对不起爸爸，是不是天下间的女儿都是这样的？永远把最好的留给爱情。"

"大概是吧。"

"他们要移民去加拿大跟我哥哥一起生活。"

"是吗？"

"这么多年来，你从没跟我的家人见面。"不知道为什么，她觉得她应该抱怨。

"你知道我害怕这种场面的。"他拉着她的手。

"你不是害怕这种场面，你是害怕承诺。"她甩开他，一个人跑过马路。

他茫然站在路上，也许她说得对，他害怕在她父母面前保证自己会让他们的女儿幸福，这是一个沉重的担子，他是担不起的。这天黄昏，他撇下球场上的朋友跑回来，是因为天气这么冷，他想起她，觉得自己应该回来陪她，她的抱怨却使他觉得自己的努力是徒然的。

15

今天很冷，餐厅里坐着几个客人，阿佑在喝葡萄酒，肚里有一点酒，身体暖和得多，他已经很久没见过姚雪露了，也许，她终于找到了幸福，不会再回来。

李澈推门进来，她穿着一件呢大衣，头上戴着一顶酒红色呢帽。

"外面很冷。"她脱下帽子坐下来说。

"要不要喝点葡萄酒？喝了酒，身体会暖一些。"

"嗯，一点点就好了，我还要温习。"

"温习？"

"我明天就要到英国参加第二轮的专业考试，还会留在那边的医院里跟一些有经验的医生学习一段时间。今天温书温得很闷，所以出来走走。"其实她想在离开香港之前见见他。

"有信心吗？"

"嗯。我已经习惯了考试。"

"你吃了东西没有？"

"还没有。"

"你等我一下。"

阿佑弄了一客奄列出来给她。

"是蜗牛奄列么？"她问。

"是牛脑奄列，可以补脑的。"

"真的吗？那么我要多吃一点。"

她把那一客牛脑奄列吃光，吃的是他的心意。

"祝你考试成功。"他说。

"谢谢你。"她凝望着他，他的一声鼓励好像比一切更有力量。

"我要回去了。"她站起来告辞。

他送她到门外。

"再见。"她依依不舍地说。

"再见。"

他回到餐厅，发现李澈把帽子遗留在椅子上，他连忙拿起帽子追出去。

"阿澈！"

"什么事？"她在寒风中回头。

他走上来，把帽子交给她。

"谢谢你。"她戴上帽子，鼓起勇气问他，"我回来的时候，你还会在这里吗？"

"当然会在这里。如果你考试成功的话，想要什么礼物也可以。"

"真的？"

"嗯。"

"我想你陪我一晚。"

他点头。

她站在他跟前，灿烂地笑。她第一次感觉到他是有一点点儿喜欢她的，那是因为他们将要别离的缘故吗？

16

晨光熹微，方惠枣已经换好衣服准备上班，李澄还在睡觉，她走到床边，俯身告诉他："我要上班了。"

他张开眼睛对她微笑。

"对不起。"她说，"我昨天不应该对你发脾气。"

"没关系——"

她把上衣脱下来，钻进被窝里，用胸脯抵着他的胸膛。

"你不是说要上班吗？"

"我想你抱我——"

"这是你道歉的方式吗？"他笑说。

"嗯。"

"这一种道歉方式很厉害！"他抱着她说。

"你爱我吗？"

"嗯。"

"还是危险程度的爱吗？"

"嗯，现在连呼吸都有困难。"

她用乳房抵着他的脸说："我就是不让你呼吸！"

"我爱你。"他抱着她，吻在她的眼睛上。

"你在漫画里不是曾经说过不要相信男人在床上说的话吗？"她张开眼睛说，"但我为什么竟然相信你在说真话？"

"阿澄——"她凝望着他。

"嗯？"

"我们结婚好吗？"

听到"结婚"两个字，他心里突然感到害怕。

"我害怕你会死——"她红着眼睛说。

"别傻，我好端端的怎会死？"

"你不想娶我吗？"她在他眼里看到了犹豫。他刚才还说爱她，现在却犹豫起来。

他把头埋在她的胸怀里，用沉默来代替答案，他是爱她的，所以他不想说谎。

17

下班之后，方惠枣到菜市场买了一些菜和肉回家。李澄不在家里，也没留下片言只字，她知道他在逃避她。她想和他厮守终生，这有什么错呢？他不愿意，是因为他虽然爱她，却还没有爱到愿意和她结婚的那个程度，她觉得难受，她被自己最爱的人拒绝了。

菜洗好了，肉也洗好了，她坐在家里孤单地等他回来。

夜里，她躺在床上，无法睡着。他回来了，她连忙闭上眼睛，假装已经睡着。李澄走进睡房，看到她已经睡着了，心里竟然松了一口气。他躺在床上，呆望着天花板，不知道自己为什么那么恐惧。

她睁开眼睛，凝望着同一片天空，这张床一点也不大，但今天晚上，她和他之间，却相隔了一条河流。他为什么要逃避她？她恨他，也恨自己。

"我在你心中并不是最重要的，对吗？"她问。

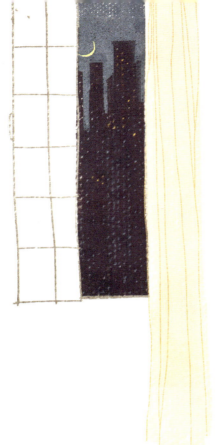

他不懂回答这个问题，只好假装已经睡着。

她转身背着他，望着窗外那个空洞的月亮。也许，她爱他也是已经爱到危险的程度了，所以她恨他不肯为她承诺。

18

　　黄昏的时候，李澄在钢琴酒廊里喝酒，他愈来愈害怕回家。

　　"为什么这么早？"刚刚上班的周雅志在他身边坐下来。

　　她看得出他满怀心事。

　　"女人为什么总爱占有男人？"他问。

　　"因为她爱他。"

　　"喔——"

　　"男人又何尝不爱占有女人？两者的分别只是女人用爱占有男人，男人用占有来爱女人，到了后来，大家都分不出到底是爱还是占有。这是你在漫画里说的，你忘了吗？"

　　"我真的忘了。"

　　"对，我忘了你向来是个善忘的人。"她摇晃着杯里的酒说，"今天是我最后一天在这里上班。"

"你要去哪里？"

"我有朋友在伦敦开了一家古董店，问我有没有兴趣在店里工作，我答应了。"

"古董店？"

"对，卖旧东西。"

"你是什么时候开始爱上旧东西的？"他奇怪。

"也许是从旧男朋友开始吧。"她望着杯里的酒说。

这是她最赤裸的一次表白了，她仿佛看到自己那只拿着酒杯的手在微微颤抖。

她话里的意思，他听得很明白。他是爱过她的，她曾经是夜里一阕温柔的老调，在他心里游过，只是，他的心现在被另一首歌占据着，那首歌，唱着永恒。

他举起酒杯跟她说："祝你顺风。"

"谢谢你。"她把忧伤喝下去。

19

　　深夜，李澄回到家里，方惠枣坐在墙上那棵圣诞树下面读他以前送给她的那几本漫画集，近来她常常这样重读他的书，好像在提醒他，他们曾经有过多么美好的回忆，她宁愿沉醉在过去。

　　"符仲永要到美国留学，他想临走之前请我们吃饭，这个周末晚上你有空吗？"她问。

　　"你自己去吧。"

　　"他很想你去——"

　　"我讨厌这种别离的场面，我没有什么话说的。"忽然之间，他觉得每一个人都好像要从他生命中消失。

　　"那好吧。"她低下头，继续看她的书。

　　周末晚上，方惠枣一个人来到"鸡蛋"，阿佑正在吃晚饭。

　　"你的学生还没来。"

"我早到了。"她在他身边坐下来。

"阿澄不来吗？"

"他说他讨厌这种别离的场面。"

"男人为什么害怕对一个女人承诺？"她问阿佑。

"因为他爱她——"

"既然他爱她，为什么不愿意承诺？"

"他害怕自己答应了又做不到，那会让她伤心。"

"是吗？"

"也许男人真的害怕，害怕女人不是爱他，而是爱他的承诺。"

"方老师——"这个时候，符仲永来了。

"我们到那边坐。"她跟符仲永坐到角落里。

这两年，她没有教他那一班，现在仔细再看看他，他已经长大了很多，他的个子很高，人也俊美了。

"李澄不来吗？"

"他今天晚上有点事情要办。"

"哦。"他有点儿失望。

"什么时候走？"

"明天。"

"这么快？你要努力读书啊！"

"知道了！我回来的时候，方老师你会不会已经和李澄结了婚？"

"为什么这样问？"

"我觉得他很爱老师，会和老师你结婚。"

"你记不记得你念中一时，我在课室里跟你说过什么话？"

符仲永想不起来。

"我说你长大了也只会说些让人伤心的话。我果然没说错。"她唏嘘地说。

阿佑拿来一篮子热烘烘的面包，说："先吃些面包吧。"

这个时候，姚雪露推门进来。

"阿佑！"她不由分说扑到他怀里。

她一定是在外面受了苦，想起了他，又回来他身边。她知道他永远不会拒绝她。

20

"符仲永托我跟你说再见。"回到家里，她告诉李澄。

"嗯。"

"我刚才见到姚雪露，她到餐厅找阿佑。"

"她每次失恋都会回到阿佑身边，她知道阿佑永远等她。"

"结不结婚不重要，我不是为了你的承诺而跟你一起。"为了爱，她妥协了。

他沉默无语，他知道她在扭曲自己来爱他，他承受不起这个重担。如果可以，他希望他们都不必为对方改变。

"早点睡吧，我还要画画，不要等我。"

她孤单地回到床上。她不明白，爱为什么会变成这样，他为什么会变得那么冷漠。

21

这天傍晚，李澄在书房里画画，他已经躲在里面两天了。方惠枣在厨房里做饭，门铃忽然响起来，她跑去开门，阿佑和姚雪露手牵手站在门外，阿佑手上拿着大包小包的。

"你们吃了饭没有？"阿佑问。

"我正在做饭——"

"那就好了，我来做饭。我买了很多材料，可以做蜗牛奄列。"

"真的吗？太好了。"方惠枣带阿佑到厨房。

姚雪露指着墙上的圣诞树，问李澄："是你画的吗？"

"除了我还会有谁？"

"好漂亮。"

这棵树是他为阿枣画的。年深日久，已经变成普通的装饰品，就像爱情变成习惯一样。他觉得有点对不起她。

方惠枣在厨房帮阿佑做饭。

"对不起，打扰你们。"

"没关系，你们来了反而好，这里热闹了许多。"她感触地说。

"雪露嚷着要来探望你们——"

"有茶吗？"姚雪露走进厨房问。

"我拿给你。"方惠枣说。

"谢谢你——"

"我们有没有打扰你们？"

"当然没有，我不知多么想吃阿佑做的蜗牛奄列。"

"嗯，我也是。他专注做蜗牛奄列时的样子最性感。"

阿佑给她弄得有点尴尬，只好陪着笑。

方惠枣想起李澈。

吃饭的时候，姚雪露喜滋滋地宣布：

"我们要结婚了！"

"是吗？"李澄望着阿佑。

阿佑愉快地点点头。

"恭喜你们！"李澄向他们道贺。

"能够跟自己爱的人永远生活在一起，是最幸福的。"姚雪露依偎着阿佑说。

"嗯。"方惠枣满怀感触，难过得说不出话来。

"阿枣，你明天有空吗？"姚雪露问。

"什么事？"

"你陪我们一起去买结婚戒指好吗？我想有多一个人给点意见。"

"唔——"她觉得这个邀请实在有点残忍。

阿佑看出方惠枣的心事，连忙说："阿枣要上班的。"

"明天我们一起去买戒指吧，我和阿枣也正准备结婚。"李澄握着方惠枣的手说。

方惠枣望着他，微微发怔。

"真的吗？那太好了！"姚雪露说。

"恭喜你们。为什么不早点说？"阿佑说。

"本来打算这两天告诉你的。"李澄说。

"那么明天黄昏五点钟，我们在'蒂芬尼珠宝店'旁边那家咖啡店里等。"姚雪露说。

送走了阿佑和姚雪露，方惠枣问李澄："你是真的想和我结婚吗？"

"嗯。"

"你用不着这样做——"她害怕他不是真的想结婚，

他只是在妥协。

"难道你不愿意嫁给我吗？"他温柔地托着她的脸，问她。

"我不想你后悔——"

"我不是已经到了危险的程度吗？"

"危险到什么程度？"

"危险到想和你长相厮守。是不是太危险？"

"是我还是你？"她含笑问。

22

　　第二天黄昏，方惠枣正要离开学校的时候，校工告诉
她，有人来找她。她以为是李澄来找她一起去珠宝店，在
校务处等她的，却是李澈。

　　"我合格了！"李澈兴奋地告诉她。

　　"恭喜你！你什么时候回来的？"

　　"昨天。我想去找阿佑，经过这里先来找你。"她在皮
包里掏出两份包装得很精致的礼物出来，说："在英国买
的围巾，送给你和哥哥的。你今天打扮得很漂亮。"李澈
称赞她，"是不是有什么特别的事情？"

　　方惠枣不知道怎样把阿佑要结婚的消息告诉她。

　　"什么事？"李澈觉得是和她有关的。

　　"阿佑准备和姚小姐结婚，他们今天去买戒指。"

　　"是吗？"她深深受到打击，"谢谢你告诉我，我有点
事情要办，我先走了。"她说。

"你没事吧？"

"没事，再见。"她镇定地说。

"再见。"看着李澈离开，她觉得自己太残忍了，她竟然把这个消息告诉她，但她不想李澈从阿佑口里知道，那样她会更难受。

181

23

夕阳的余晖洒在"蒂芬尼珠宝店"旁边这家咖啡店。方惠枣来到的时候，阿佑一个人在店里呷着咖啡。

"姚小姐还没来吗？"

"她上午去了买东西，我们约好在这里等。"

方惠枣看看手表说："时间还早呢，我们早到了。"

夕阳冉冉西下，还是只有他们两个人在等待另外两个人。

"阿澄这个人老是喜欢迟到。"她微笑说。

"雪露也是，她很少准时的。"阿佑笑着说。

傍晚七点钟，"蒂芬尼珠宝店"已经关门，他们不能再骗自己。

"雪露是不会来的了。"阿佑说。他已经习惯了她常常离开他，只是，这一次，他伤得最重。

方惠枣望着街外，她还是竭力让自己相信李澄是会来的，他是爱她的。

晚上九点钟了，骗自己也是有一个期限的。她知道他是不会来的了。

"我去打电话给李澄，他这个冒失鬼，可能还在家里睡觉。"阿佑站起来说。

"阿佑，不用了，他要来自然会来。"确定了他不会来，她反而平静了许多。

阿佑坐下来，他们又这样等了一段漫长的时间。

"我和你是注定等待的，她和他是注定失约的。"阿佑苦笑着说。

"是的，我和你是注定等待的。"她曾经以为，伤心是会流很多眼泪的；原来真正的伤心，是流不出一滴眼泪。她爱他已经到了绝望的程度，现在她觉得很平静。

"我们走吧。"她跟阿佑说，"我还要去机场送机，我爸爸妈妈今天去加拿大。"

"要不要我陪你去？"

"不用了，谢谢你。他们想见的人不是你。"

方惠枣赶到机场送行，她原本以为她会和李澄一起来，现在只有她一个人，仿佛他从来没有在她生命里出现过。

"阿枣，我们等你等得好心急。"妈妈搂着她说。

她伏在妈妈怀里，别离的滋味不好受，但人生总是欢聚少，别离多。她忽然明白李澄为什么讨厌别离，她也讨厌别离，尤其要和他别离。

24

李澈来到"鸡蛋"找阿佑，阿佑正躲在二楼喝酒，看到李澈，他忽然有些感慨，他有点爱她，但是那一点爱不足以营养生命，他是配不起她的。

"什么时候回来的？"

"昨天。"

"考试成绩怎样？"

"考到了。"

"恭喜你。"

李澈把带来的礼物送给他，说："这是我在英国买的一套餐具，本来就打算送给你，现在可以当作是送给你和姚小姐的结婚礼物。"

"谢谢你——"他勉强挤出笑容。

"听说你们今天去买戒指——"

"嗯。"

"为什么她随时可以走，又随时可以回来？太不公平了！"她本来打算很冷静地来向他道贺，但是一旦来到他跟前，她就控制不了自己。她用在自己身上的麻醉药已经失效。

"谁叫我喜欢她——"阿佑无奈地说。

"是的，谁叫我喜欢你——"她伤心地说。

"阿澈，你很好，可惜——"他企图安慰她。

"不要说可惜，我最讨厌就是'可惜'这两个字。"她哽咽。

"祝你幸福。"她说。

"谢谢。"他没有勇气告诉她，姚雪露今天根本没有来。

25

　　方惠枣没有回家，她知道李澄不会在家里，每一次，当他想逃避她，他会去另一个地方。

　　她来到球场，李澄果然在球场上跟一群小孩子踢足球。

　　她走到他跟前，他垂头丧气地站着，像一个做了错事的小孩子。

　　"你既然不愿意，为什么又要答应跟我结婚？"她问。

　　"这样你会快乐——"

　　"阿澄，爱情不是创作，不是随兴之所至的——"她恨他。

　　"如果爱情是一个妥协的游戏，我们又何必玩这个游戏？"

　　"是的，我们都累了。"她凄然说。

　　"对不起，我不适合你。"他沮丧地说。

　　"我不是今天才知道的。我可以无限期等你，可惜你

的爱是限量生产的精品，

我负担不起。你可以答应我

一件事吗？"

"嗯——"

"这一辈子，不要再让我看到你。"

"嗯——"他垂下头。

她把他留在球场上，他是她负担不起的，

他们只会互相伤害。

李澄离开球场回到家里，方惠枣已经搬走了，

只留下那一辆脚踏车。

李澄躺在床上，呆望着天花板，也许她说得对，他们

都累了。承诺是男人和女人的一场角力，有时候皆大欢喜，

多数时候却是两败俱伤。

　　阿枣走了，李澄不必再为任何人改变自己，也不需要
再有承诺，可是，他一点也不快乐。他想念她，但他不敢
找她，他怕她回来，也怕她不回来。

这一天晚上，有人揿门铃，他以为是阿枣，不是阿枣，是他爸爸。

"我还担心你不在家里，今天是你的生日，祝你生日快乐！"他爸爸走进屋里说。

"今天不是我的生日。"李澄失望地说。

"不是吗？那么我记错了。"他抱歉地说，"我真的不会做爸爸，本来一心想补偿自己的过失，却连你的生日都记错了。"

"不要紧。"

他忽然原谅了他爸爸，他在他爸爸脸上看到自己。他没资格批评他爸爸，他跟他爸爸一样，都是自私、吝啬和害怕承诺的。阿枣是多么爱他，她一直在忍受他的自私、残忍和冷漠。

27

"下学年开始，我不再教你们了，我已经辞职。"方惠枣难过地告诉学生。

"方老师，你要去哪里？"一个学生问她。

学生们都舍不得她。

这些日子以来，她活得像行尸走肉，她不想再亏欠她的学生。

"老师，你为什么要走？"另一个学生问她。

她有点哽咽，她无法回答这个问题，她为什么要走？人生总是无法不说再见。

下课钟刚刚敲响，校工来找她去听电话，她心里浮起一些奇怪的感觉。

来到教员室，她拿起话筒。

"阿枣，是我——"电话那一头是李澄，"我就在外面。"

她看到他在学校外面的电话亭里。

她的手微微在颤抖，分手以后，她第一次看到他和听到他的声音，那是她熟悉又曾经伤她至深的一把声音。

"你明天晚上有空吗？"

"不是说过不要见面的吗？"

"明天晚上八点钟，我在'鸡蛋'等你。"

"我不会来的。"

"你一定要来，如果你不答应，我会天天站在这里等你。"他从电话亭走出来。

"你为什么要这样做？"她望着外面的他。曾几何时，他也是站在那里，俏皮地告诉她，他想听听她的声音。

"我想见你，我有话跟你说——"

"好吧。"

"那么，明天见。"他在外面跟她挥手。

她很想见他，但几乎已经知道结果了。像现在不能见面的时候，他们互相思念，可是一旦能够见面，一旦再走在一起，他们又会互相折磨。

28

李澄坐在"鸡蛋"里等阿枣，他手上拿着他那本长篇漫画故事，是今天刚刚出版的。书的名字是《记忆里的蜗牛奄列》，写的是他和阿枣的故事。这是第一集，她和他的故事还没有完。

"今天有新鲜的蜗牛，待会儿可以做蜗牛奄列给阿枣吃。"阿佑说。

"谢谢你，有人在楼上开派对吗？"他觉到二楼很吵。

"有一群毕业生在楼上举行谢师宴。"

"对，又是谢师宴的时候了。"

他坐在那里，满怀希望地等阿枣，他知道她会来的，他预先把一枚钻石戒指藏在漫画书的其中一页，当她翻到那一页，他会向她求婚，他不会再让她走。

29

　　这个家，方惠枣已经好几个月没回来了，一切依旧，灯还是亮着，只是墙上那棵圣诞树有一角已经剥落。

　　她那辆脚踏车还是放在原来的位置。她来，是要带它走。

　　有些人是注定要等待别人的，有些人是注定被人等待的。一向以来，都是她等他，今天晚上，是唯一一次，她让他等——

30

晚餐桌上烛影摇曳，李澄孤单地等着，他
终于知道了等待的滋味。

方惠枣骑着脚踏车来到她以前任教的那
所夜校，校外那棵石榴树上挂满鲜嫩的
石榴。她记得四年前那个寒冷的晚
上，李澄站在这棵树下扳着
枯枝桠等她的模样儿，
那些日子曾经多
么美好。

她骑着脚踏车走过他们以前一起走过的路，一切一切依旧让她沉醉到如今。

李澄坐在餐厅里等着，他知道她会来的，她从来不会失约。他不会忘记他曾经每天晚上坐在浴室的马桶板上呼吸着她的沐浴露的茉莉花香味，那味道一直萦绕到如今。如果她不来，他将只会是一个永远活在记忆里的男人。

她骑着脚踏车来到"鸡蛋"外面，这是她和他第一次约会的地方。他看到她哭，叫了一客蜗牛奄列哄她，他曾是那么爱她。他给她的快乐是双倍的，也因此他给她的痛苦也是双倍的。她知道他正在里面等她，他会原谅她的，从来都是他失约，她失约一次，他不会恨她。她骑着脚踏车离开，把往昔的欢乐远远地、远远地留在尘埃里，不要再徘徊。

灯火已然阑珊，那一枚亮晶晶的钻石戒指忽然变得有点凄美。戒指戴在她的无名指上会很漂亮，可是，她也许不会来了。

楼上那群即将各散东西的学生在高唱骊歌：

"长亭外，古道边，芳草碧连天。

问君此去几时来，来时莫徘徊。

天之涯，地之角，知交半零落。

人生难得是欢聚，唯有别离多……"

回到家里，他发现她来过，带走了那辆脚踏车。

她要向他唱的，也是一曲骊歌吗？

第 四 章 | 脚 踏 车 回 来 了

1

英国伦敦唐人街这家杂货店，除了卖杂货，也卖香港报纸，每天下午，在这里就可以买到香港当天的报纸，住在唐人街的香港移民，来了数十年，说的是广东话，看的是香港的电视剧和香港的报纸杂志，仿佛从没离开过香港。

一名从香港来的留学生，两年来每个星期天下午也风雨不改来到店里买报纸，杂货店店主小庄会为她储起一个星期的报纸，让她一次拿走。

伦敦的冬天，阴阴冷冷，昨夜下了一场雨，今天更显得凄清。

那个留学生又来到杂货店买报纸。

小庄把一个星期的香港报纸放在一个纸皮袋里交给她。

"像你这么年轻的留学生，很少人还会看香港报纸。你真关心香港，你是不是有亲人在香港？"

方惠枣微笑着摇头，付了报纸费离开。来伦敦两年了，她在近郊一所大学里念书，每个星期天，坐一小时的地下铁路来唐人街买香港报纸，为的是看李澄的漫画。在车上，她迫不及待看他的漫画，看到他的漫画，知道他还是好好地生活着，那么，她就放心了。她以为可以忘记他，原来根本不可以。天涯海角，年深日久，她还是爱着他。

　　列车进入月台，一个中国女人走进车厢，在方惠枣对面坐下来。

　　"阿枣，是你么？"

　　方惠枣抬起头来，这才发现坐在她对面的是周雅志。

　　"你什么时候来英国的？"周雅志问。

　　"来了差不多两年。"

　　"李澄呢？"

　　"我们分手了。"

　　周雅志看到她膝盖上放着一叠香港报纸，都是连载李澄漫画的那三份报纸，她显然还没有忘记李澄。

　　"你好么？"方惠枣问她。

　　"我在一家古董店里工作。"她从皮包里掏出一张名片给她，说，"有空来看看。"

"好的。"

"我很久没有看香港报纸了。"

"我也不是常常看。"

"习惯这里的天气吗？"

"习惯。"

周雅志要下车了，她跟方惠枣说：

"有空打电话给我。"

方惠枣努力地点头，她和周雅志都明白，周雅志不会找她，她也不会找周雅志。刚才发现对方的时候，她们很迅速地互相比较了一下，两个女人，只要曾经爱过同一个男人，一辈子也会互相比较。

方惠枣抱着报纸走路回去那座老旧的房子。

"方小姐，我弄了一个火锅，你要过来一起吃吗？"住在她隔壁的留学生沈成汉过来问她。

"不用了，谢谢你，沈先生。"

沈成汉是芬兰华侨，来英国念研究院。他人很好。有时候，他会跟她说起芬兰。她对芬兰的唯一印象只是听李澄的爸爸提起过芬兰的洛凡尼米。

"刚才你出去的时候忘记关灯。"沈成汉说。

"不，我习惯离家的时候留一盏灯。"

离家的时候留一盏灯，本来是李澄的习惯。她离开了他，却留下他的习惯，仿佛从来没有离开。

后来有一天，她病了，反反复复地病了一个多月，沈成汉一直细心照顾她。每个星期天，他替她去唐人街那家杂货店买香港报纸回来，在那个寒冷的国度里，他是唯一给她温暖的人。

她终于起床了，每个星期天亲自去唐人街买香港报纸，但是已经不是每天都看到李澄的漫画，他常常脱稿，后来，就再没有在报纸上看到他的漫画了。

2

　　这一年，香港的冬天好像来得特别慢，但一旦来了，却是一夜之间来的，这天的气温竟然比昨天下降了六度。傍晚，街上刮着寒风，报贩把报纸杂志收起来，准备提早下班，李澄拿起一份报纸，放下钱，在昏黄的街灯下看报纸。报纸上的漫画是符仲永画的，他现在是一位备受瞩目的新进漫画家，他画的爱情漫画很受欢迎。

　　过去那几年，李澄很努力地画漫画，他知道，无论天涯海角，只要是可以买到香港报纸的地方，阿枣就有可能看到他的漫画。万语千言，他都写在漫画里，如果她看到，也许她会回来他身边；然而，她一直没有回来，也许她已经不再看香港的报纸了。

　　从某一天开始，他放弃用这种方法寻找她。她走了，他才知道他多么爱她。那些年轻的岁月，那些微笑和痛苦，原来是他一生中最美好的时光。往事愈来愈远，记忆却

愈来愈新。时间并没有使人忘记
爱情。离别之后，留下来的那一个总
比离开的那一个更痛苦。他留在房子里等
她，他是不会离开的，万一有一天她回来，她
仍然会看见他。

3

　　十四年了，原来她骑着脚踏车去了那个遥远的地方。脚踏车回来了，人却没有回来。李澄抚摸着老了、也憔悴了的脚踏车，他很害怕，无论她是生是死，他都要去找她。他把木箱上的地址抄下来，第二天就去办签证和买机票。

　　"芬兰现在很寒冷呢，你是不是去洛凡尼米的圣诞老人村？"旅行社的女孩问他。

　　"是的。"他说。

　　如果世上真的有圣诞老人，他希望收到的圣诞礼物是她还好好活着。

　　邮件上的地址是芬兰西南部的城市坦派勒。

　　抵达赫尔辛基的那个晚上，李澄乘火车到坦派勒。这是一个深寒的国度，冰雪连天，他那一身冬衣，本来就不够暖，现在更显得寒碜。阿枣为什么会来到这么一个地方？他实在害她受太多苦，他不能原谅自己。

火车在第二天早上到了坦派勒，虽然是早上，在这个永夜的国家里，冬天的早上也像晚上，街灯全都亮着，他叫了一辆出租车，把地址交给司机。

车子停在近郊一幢两层高的白色房子前面，门前堆满了雪。李澄下了车，雪落在他的肩膊上。他终于来了，来到这个流泪成冰、呵气成雪的地方，来看十四年来萦绕他心中的人。

他扳下门铃，良久，一个中国男子来开门。他看着男人，男人看着他，似乎大家都明白了一些事情。

湖边的这个公园，地上铺满厚厚的积雪，冷冷清清。她的坟最接近湖，坟前有个白大理石的天使，垂着头，合着手，身上披着刚刚从天上落下来的雪，在风里翻飞。碑上题着"爱妻方惠枣之墓"，立碑的人是沈成汉。

"一天，她在家里昏倒，医生验出她患的是血管瘤，安排了她做手术，那个时候，她最牵挂的就是家里那辆脚踏车，她要我把脚踏车寄去香港给一个人，在做手术之前的一天，她的血管瘤突然爆裂，她等不到那个手术了。"沈成汉低声说。

李澄哀哀地站在坟前，他从没想过他和她的结局会是

这样。雪在他身边翻飞，他不敢流泪，怕泪会成冰。

　　"湖面迟些就会结冰，冬天里，阿枣最喜欢来这里溜冰，所以我把她葬在这里。这片陆地下面很久很久以前也是一片湖。"

　　"你们曾经是刻骨铭心的吧？"沈成汉问他。

　　李澄无法回答这个问题。

　　"我在外面等你。"沈成汉说，他让李澄一个人留下。

　　李澄把天使身上的雪拨走，刚拨走了，雪又落在上面，那是永无止境的。他永远等她，但她不能来了。如果十四年前相约买戒指的那一天，他没有失约，也许她不用睡在这片雪地下面。他妹妹曾经劝他，别让他爱的女人溺死在自己的眼泪里，他却让她溺死在雪里，在湖里。

　　他从口袋里掏出那一枚钻石戒指，十四年了，她从没看过，现在他带来了，可惜她再也看不到。湖面上浮着大大小小的冰块，再过一些日子，湖面就要结冰。他走到湖边，把那一枚戒指投进湖里，让它带着他的悔疚沉到湖底最深处，长伴她的白骨。她曾说永远不想再看见他，他也答应了，今天，他违背了诺言，他来见她，但这是他最后一次违背对她的承诺了。

4

沈成汉在坟场外面的车子上等李澄，李澄出来了，他抖得很厉害。

"李先生，快上车吧。"他打开车门让他上车。

李澄不停地打哆嗦，沈成汉把一张毛毯放在他怀里。

"谢谢你。"他抖颤着说。

"阿枣刚刚来这里的时候，也很不习惯这么寒冷的天气，她脚上常常长冻疮。"

车子在一家中国餐馆外面停下来。

"这是我们开的餐厅，进来喝碗热汤吧。"

这是一家小餐馆，绿色的墙，红色的桌子，是典型中式餐馆的装潢，平常或许带点喜洋洋的气氛，这一刻，却变成最沉重的背景。

沈成汉拿了一瓶酒给李澄，说："喝点酒会暖一些。"

"谢谢你。"

“李先生，你要吃点什么吗？”

“不用了。”

“这种天气，不吃点东西是捱不住的，我去厨房看看。”

李澄唯一可以原谅自己的，是阿枣嫁了一个好人。他把酒一杯一杯地倒进肚里，但是酒没能止住他的悲哀。

沈成汉从厨房里捧着一客刚刚做好的奄列出来。

“你试试看。”他说。

李澄用刀把蛋皮切开，这是蜗牛奄列，他的手在颤抖。

“我说在中国餐馆卖蜗牛奄列好像有点怪，但是阿枣喜欢这道菜，客人也赞不绝口，我没有她做得那么好。”

“沈先生，我要去找旅馆了。”李澄把刀放下。

“你不吃吗？”

“我真的不饿。”

“附近就有一家小旅馆，我开车送你去。”

“不，我自己坐车去好了。”他戴上帽子。

李澄独个儿走在昏黄的街灯下。他踏在雪地上，雪落在他的肩膊上。记忆里的蜗牛奄列，那些年轻的岁月，原来是他生命中最美好的日子。雪融了，会变成水，水变成蒸汽，然后又变成雨，后来再变成雪，可是，那些美好的

日子却永不复返。他的睫毛、他的鼻孔、他的嘴角都结了

冰，那是他的眼泪。

5

李澄骑着脚踏车来到阿枣以前任教的那所夜校外面，他曾在石榴树下面等她，石榴树的树叶已经枯了，片片黄叶在地上沙沙飞舞，他仿佛还记得她那苍白微茫的笑。

他骑着脚踏车穿过大街小巷，走过他们曾经一起走过的地方。脚踏车回来了，人也回来了。她坐在他后面，抱着他，俏皮地问他：

"你爱我么？"

"嗯。"

"爱到什么程度？"她的头发吹到他的脸上来。

"已经到了危险的程度——"他握着她的手，凄凄地说。

著作权合同登记号　图字 01-2013-7050

图书在版编目 (CIP) 数据

雪地里的单车 / 张小娴著 .—北京：人民文学出版社，2015
ISBN 978-7-02-010767-4

Ⅰ．①雪… Ⅱ．①张… Ⅲ．①中篇小说—中国—当代 Ⅳ．① I247.5

中国版本图书馆 CIP 数据核字（2015）第 025771 号

责任编辑　赵　萍　涂俊杰
装帧设计　李思安
责任印制　苏文强

出版发行　人民文学出版社
社　　址　北京市朝内大街 166 号
邮政编码　100705
网　　址　http://www.rw-cn.com

印　　刷　北京瑞禾彩色印刷有限公司
经　　销　全国新华书店等

字　　数　100 千字
开　　本　880 毫米 ×1230 毫米　1/32
印　　张　7
印　　数　1—50000
版　　次　2015 年 5 月北京第 1 版
印　　次　2015 年 5 月第 1 次印刷

书　　号　978-7-02-010767-4
定　　价　32.00 元